나는 계백이다

1판 1쇄 인쇄 | 2026년 2월 24일
1판 1쇄 발행 | 2026년 3월 3일

지 은 이 | 김문주
펴 낸 이 | 천봉재
펴 낸 곳 | 일송북

주　　소 | 서울시 성북구 성북로 4길 27-19
전　　화 | 02-2299-1290~1
팩　　스 | 02-2299-1292
이 메 일 | minato3@hanmail.net
홈페이지 | www.ilsongbook.com
등　　록 | 1998.8.13(제 303-30300002510020060000049호)

※ 잘못된 책은 구입처에서 교환해 드립니다.

영원히 지지 않는 충의 상징

나는 계백이다

김문주 지음

알둥북

무(武)의 궁극은 남을 해하는 것이 아니라 자신을 이기는 데 있다

우리가 전장에 나간 것은 적을 베고자 함이 아니라 백성을 살리고 백제를 구하기 위함이었다. 이것이 무의 본질이고 나의 충이다.

- 계백이 독자에게 -

한국을 만든 인물 500인을 선정하면서

일송북은 한국을 만든 인물 5백 명에 관한 책들(5백 권)의 출간을 기획하여 차례대로 펴내고 있습니다. 이는 궁정적이든 부정적이든 우리 역사에 뚜렷한 족적을 남긴 인물들의 시대와 사회를 살아가는 삶을 들여다보고 반성하며, 지금 우리 시대와 각자의 삶을 더욱 바람직하게 이끌기 위해서입니다. 아울러 한국인의 정체성은 무엇인가를 폭넓고 심도 있게 탐구하는, 출판 사상 최고·최대의 한국 대표 인물 콘텐츠의 보고(寶庫)가 될 것입니다.

한국 인물 500인의 제목은 「나는 누구다」로 통일했습니다. '누구'에는 한 인물의 이름이 들어갑니다. 한 인물의 삶과 시대의 정수를 독자 여러분께 인상적·효율적으로 전할 것입니다. 무엇보다 지금 왜 이 인물을 읽어야 하는가에 충분히 답해 나갈 것입니다.

이번 한국 인물 500인 선정을 위해 일송북에서는 역사, 사회, 문화, 정치, 경제, 국방, 언론, 출판 등 각 분야의 전문가들로 선정위원회를 구성했습니다. 선정위원회에서는 단군시대 너머의 신화와 전설쯤으로 전해오는 아득한 상고대부터, 아직도 우리 기억에 생생한 20세기 최근세까지의 인물들과 그 시대들에 정통한 필자를 선정하고 있습니다.

우리는 지금 최첨단 문명시대를 살고 있습니다. 인터넷으로 실시간 글로벌시대를 살고 있으며 인공지능 AI의 급속한 발달로 인간의 정체성마저 흔들리고 있음을 절감하고 있습니다.

이러한 때일수록 인간의, 한국인의 정체성이 더욱 절실히 요구되고 있습니다. 그 정체성은 개인과 나라의 편협한 개인주의나 국수주의는 물론 아닐 것입니다. 보수와 진보 성향을 아우르는 한국 인물 500인은 해당 인물의 육성으로 인간 개인의 생생한 정체성은 물론 세계와 첨단 문명시대에서도 끈질기게 이끌어나갈 반만년 한국인의 정체성, 그 본질과 뚝심을 들려줄 것입니다.

차 례

서문 ·· 12

서두 ·· 18

1장 우리가 알고 싶은 계백

이름은 승이며 관직은 달솔이다 ··· 24

계백 마을 ··· 28

젊은 장수 ··· 32

논산시 부적면 충곡리 ··· 36

2장 백제는 만월이고 신라는 초승달이라

강건한 백제 ··· 42

천등산의 무사 ··· 53

파죽지세의 시절은 가고 ··· 71

왕자의 난 ··· 84

성충 지다 ··· 99

김유신의 첩자 ··· 114

3장 황산벌 전투

폭풍 전야 … 128

13만 대군 기벌포에 내리다 … 144

신라, 탄현을 넘다 … 159

황산벌 전투 … 170

관창과 계백 … 182

4장 백제, 그 이후

마지막 왕 의자 … 196

백제부흥군 … 207

무인 계백에 대한 평가 … 214

나는 계백이다 … 225

국가가 들어선 이래 충(忠)은 개인의 도덕적 수양과 사회 질서를 지탱하는 핵심 가치가 되어 왔다. 유교 사회에서 충은 신하와 백성이 지켜야 할 덕목으로 자리 잡으며, 나라를 위한 희생을 중시하는 문화로 이어졌다.

역사적으로 충신은 나라가 어려울 때 자신의 안위를 돌보지 않고 국가를 위해 목숨을 내던졌다. 왜란의 소용돌이 속에서 조선을 구한 이순신은 충신의 대명사요, 민족의 영웅이다. 그는 "나의 죽음을 적에게 알리지 말라."라고 당부하고 죽어가면서도 나라를 걱정했다.

단종을 폐위하고 왕권을 찬탈한 세조에게 저항한 사육

신은 죽음으로 절개를 지킨 충신들이다. 그들은 달군 쇠붙이에 살이 꿰뚫리고 사지가 찢어지는 아픔 속에서도 지조를 꺾지 않았다. 그들을 죽인 세조조차도 "성삼문 등은 오늘날은 난신(亂臣)이나, 후세에는 충신(忠臣)이다."(『숙종실록』 63권)라고 말하였다.

이들 충신은 대의와 정의를 위하여 목숨을 버려 후세에 성인으로 추대되었지만, 그들의 개인사는 비극적이었다. 그래서 난세의 '충신'이라는 고아하고 이상적인 말의 이면에는 절대적 비장함이 내포되어 있다. 그중 가장 비극적인 충신이 바로 계백이다.

계백에 대한 기록은 황산벌 전투에 관한 내용 외에는 거의 없다. 그가 왕족 출신으로 계급이 달솔이었으며, 황산벌에서 오천의 군사로 오만의 신라군에 맞서 싸우다 최후를 맞이하였다는 기록이 전부이다.

『삼국사기』에 나와 있는 계백에 대한 짧은 기록 중 그가 전쟁에 나가기 전에 처자식을 죽였다는 이야기도 유명하다.

그는 전투에 임하기 전 '한 나라의 힘으로 나당의 군대를 당하니 나라의 존망을 알 수 없다. 내 처자가 잡혀 노비가 될지도 모르니 살아서 욕보는 것보다 흔쾌히 죽어 버리는 것이 낫다.' 하고는 처자를 모두 죽이고 나라를 위해 목숨을 버릴 것을 각오하였다.

- 『삼국사기』 열전 계백 -

이 부분은 계백의 충정과 절의를 상징적으로 보여 주는 장면이다. 그가 정말 처자를 죽였는지 의문을 제기하며, 후대의 기록자가 계백의 충절을 내세우기 위해 과장하여 서술했을 것으로 보는 견해도 있다. 또한 꼭 처자식까지 죽여야 했을까 하는 부분에 대한 이견도 있다. 분명한 것은, 계백이 자기 손으로 처자식을 죽이고 나갈 만큼 전쟁의 승패를 짐작하였으며 스스로 죽을 자리에 나섰다는 점이다. 목숨을 바쳐 나라를 구한 이순신과 달리 그는 망해 가는 백제의 마지막 장수로 나라의 패망을 돌리지도 못하였다.

그런데도 우리는 왜 계백이라는 이름 앞에 고개가 숙여

지는가? 역사에 별 관심이 없는 사람에게도 계백이 백제의 명장이자 충신으로 각인된 이유는 무엇일까?

충의 개념이 중시되던 과거와 달리 오늘날에는 학교나 사회에서 충을 강조하지 않는다. 나라를 위해 개인을 희생하라고 할 수 없는 시대이다. 오히려 개인의 자기 성취를 일차적 목표로 삼고, 개인의 자아실현이 공동체의 가치를 충족하는 것을 바람직하게 여긴다.

그럼에도 오늘날까지 계백은 숭고한 장수로 추대되고 있다.

이제 백제 말기, 신라가 당과 손을 잡고 백제 땅으로 쳐들어오던 그때를 생각해 보자. 백제의 마지막 왕 의자왕과 충신 흥수와 성충, 그리고 오천의 결사대를 이끌고 황산벌을 달리는 계백을 떠올려 보자. 김유신의 오만 대군 앞에 당당히 맞서고 화랑 관창을 살리고 싶었던 계백, 그가 주는 감동, 그것이 지금 우리가 계백을 알아야 하는 이유이다.

1장

우리가
알고 싶은 계백

이름은 승(升)이며 관직은 달솔(達率)이다

우리 역사서에서 정사(正史)로 인정받는 『삼국사기』에 백제에 대한 기록은 빈약하다. 『삼국사기』는 승자인 신라의 뒤를 이은 고려의 김부식이 신라의 관점에서 삼국 시대를 기록한 책이다. 동시대의 인물인 김유신의 생애는 어린 시절부터 자세히 기록되어 있지만, 계백은 그 출생 시기와 출생지가 어디인지 알 수 없다.

우선, '계백'이라는 이름은 그의 본명이 맞는가?

『삼국사기』 열전 제7권 계백전에서 계백의 출신에 대해 짧게 적고 있다.

階伯 百濟人 仕爲達率

계백은 백제인으로 벼슬이 달솔이었다.

계백의 출생에서 달솔 관직에 이르기까지의 행적에 대해서는 구체적인 기록이 전해지지 않는다. '계백'이 이름인지 성인지도 명확하지 않으며, 여러 기록에서 공통적으로 달솔 관직에 있었다고 할 뿐이다.

달솔은 백제의 관직 16관등 중 첫 번째인 좌평에 이어 두 번째에 속하는 높은 관직이다. 당시 좌평은 백제에서 5명이고 달솔 관직은 30명이었다고 하니, 달솔은 대부분 왕족인 부여씨였을 것이다. 달솔은 중앙에서는 5부의 책임자였고, 장관직인 5방의 방령을 역임할 수 있었다.

백제에서는 이름에 성을 잘 붙이지 않았다. 의자왕의 본명은 부여의자이며, 충신 성충 역시 이름은 부여성충이었다. 중국에서 발견된 흑치상지의 묘비명에 백제의 관등과 성씨에 대해 자세히 나와 있는데, 흑치상지는 본래 백제 왕족으로 부여씨였으며 달솔이었다고 한다. 달솔 계백 역시 부여씨였을 것으로 본다.

조선 후기 김정호가 쓴『대동지지』(大東地誌)에도 계백이 등장한다.『대동지지』는 김정호가 만든『대동여지도』(大東輿地圖)의 해설서라 할 수 있다. 이 책은 지리서이지만 당시 각 지역의 특성과 주요한 점을 기록하여, 역사서로서의 의의도 있다.

『대동지지』의 연산현 기록에는 계백 장군을 계백승(階伯升)으로 적고 있다.

계백은 성인데 왕실(부여씨)과 같고, 이름은 승이며 관직은 달솔이었다.

조선 후기에 부여 지방의 역사와 인물을 기록한『부여지』(扶餘誌)에도 계백이 나온다.

계백은 백제의 왕족으로 이름은 승(升)이며, 황산벌로 싸우러 나갔다.

부여 의열사지(부여읍 법정리)에 백제의 충신 세 명인

계백, 흥수, 성충의 위패를 모시고 있는데, 여기서는 계백을 '성은 계(階), 이름은 백(伯)'으로 기록하고 있다.

계백이라는 이름을 자세히 살펴보면, 품계나 계급을 의미하는 계(階)와 으뜸 혹은 존칭을 의미하는 백(伯)으로 이루어져 있다. 그러므로 계백이라는 호칭은 높은 계급에 있는 사람에 대한 존칭이거나 귀족에게 내리는 작위였을 가능성도 있다.

혹은 이름 대신 높여 부르던 자(字)였을 수도 있다. 계백과 동시대의 장수였던 흑치상지도 항원(恒元)이라는 자를 사용하였으며, 백중숙계(伯仲叔季)는 자에 주로 사용되기도 하였다.

혹은 개백현(현재 경기도 고양시)의 식읍을 받아 식읍지의 명칭을 성으로 삼은 것이 아닐까 하고 추정하기도 한다.

이러한 기록을 종합하여 볼 때 그는 왕족 출신으로 성은 부여씨였고 이름은 승으로, 계백의 이름은 부여승(扶餘升)이었을 가능성이 높다. 또한 백제의 16관등 중 두 번째에 해당하는 달솔 관직에 있었다.

계백 마을

계백이 어디에서 태어났는지에 대한 공식적인 기록은 없으나, 전설처럼 전해 오는 이야기는 있다.

부여군 충화면 지석동의 전설을 기록한 『지석동지』(支石洞誌)에 계백이 나온다. 이 책에서는 백제의 세 충신인 성충과 흥수, 계백을 모두 부여군 충화면 출신으로 적고 있다. 계백은 어렸을 때 이곳의 천등산에서 학업과 무예를 연마했는데, 이때 책을 비춰 보던 등이 하늘에 등불을 매단 것 같다고 하여 천등산이라 하였다.

천등산 일대의 지명은 모두 계백 장군과 관련되어 있다. 계백이 천등산의 봉우리 사이를 오가며 무예를 닦았다고 하여 고개 이름이 백충 고개이다. 또한 천등산의 산

등성이에는 샘이 있는데, 계백 장군이 이 샘물을 마셨다고 하여 '계백 장군 샘'이라 한다. 샘 아래쪽의 약간 평평한 터는 계백의 집과 마구간이 있던 곳이라고 한다.

정사에는 기록되지 않은 내용이라서 이러한 전설을 그대로 믿기에는 무리가 있다. 그러나 이곳에 사는 사람들은 천등산과 천당리가 계백 장군이 태어나서 자란 곳이라는 것을 전설로만 여기지 않고, 계백의 흔적이 남아 있음을 자랑스럽게 여긴다.

다른 기록을 통해서도 그가 부여 태생이었음은 분명해 보인다.

『신증동국여지승람』, 『동국여지지』, 『충청도읍지』, 『호서읍지』 등 각종 읍지류에도 계백이 부여현 사람이라고 기록되어 있다. 또한 『여지도서』와 『호서읍지』의 임천군 「고적조」에는 계백이 팔충면 출신이라고 설명되어 있다.

팔충면은 세간에 전해지는 얘기로 백제의 충신 성충·계백 등 팔충신이 여기에서 태어나 그렇게 불리었다.

（八忠面 俗傳 百濟忠臣 成忠·階伯等 八人 生於此土

故仍名焉）

　이것은 팔충면 일대에서 전승되던 전설과 구전들이 조선 시대 읍지에 반영되었을 가능성이 크다.

　계백은 황산벌로 나가기 전까지 천당리에 살았는데, 출전하기 전 이 마을에 표뜸을 남겼다고 한다. 이 표뜸을 후대 사람들이 다시 적어 이곳이 계백의 마을임을 밝히고 있다.

　천등산에서 십 리쯤 떨어진 곳에 팔충사라는 사찰이 있는데, 이곳에는 백제의 충신 여덟 명의 위패가 모셔져 있다. 계백과 성충, 흥수도 그 여덟 충신에 포함되어 있다. 팔충사가 있는 지석동에는 선사 시대의 무덤인 지석묘가 세 개 있다. 선사 시대 때부터 사람들이 살았던 마을이라 하여 마을 이름도 지석동(支石洞)이다. 계백은 황산벌로 나가기 전 이 지석묘를 제단 삼아 충성을 맹세했다고 한다.

　황산벌 전투가 벌어졌던 곳으로 추정하는 논산에는 수락산이 있다. 계백의 목이 떨어졌다고 하여 이름이 수락산(首落山)이다. 또한 수락산 골짜기에는 백제 유민들이 계백의 시신을 가매장하였다는 전설이 전해지는 가장(假葬)골이 있다.

비록 『삼국사기』처럼 정사로 인정되는 기록은 아니지만, 왕족인 계백의 출생지가 당시에 사비성이 있던 부여군이라는 주장은 타당하다. 그 옛날의 황산벌이었던 곳에 지금 논산훈련소가 있는 것도, 그 땅의 역사를 생각하면 결코 우연이 아니다.

젊은 장수

660년 황산벌에서 최후를 맞을 때 계백은 몇 살이었을까?

신라의 김유신(595~673년)은 황산벌 전투 당시 65세의 노장이었다. 김유신은 수하에 여러 장수를 거느린 대장군으로 황산벌을 건너가 당나라 소정방을 만나야 했는데, 계백에게 가로막혀 마음이 바빴다. 김유신의 아우인 김흠순의 아들 반굴이 나가서 전사하였고, 김품일의 아들 관창도 죽어서 화랑의 사기를 일깨웠다.

5천 명의 군사로 신라의 5만 대군에 맞선 계백은 김유신처럼 뒤에서 진두지휘하는 노장이 아니었다. 그는 군사를 이끌고 나가서 직접 싸웠다. 사로잡은 관창이 어린 것을 보고 살려 보냈으나, 관창이 다시 오자 그의 목을 베었다. 이러한 정황을 보았을 때, 계백은 황산벌 이전의 기록은 없으나 실전에서 이미 최고의 장수로 인정받았을 것이다. 또한 김유신보다 젊은 장수였을 것으로 추정할 수 있다.

이토록 뛰어난 장수임에도 왜 황산벌 이전의 공헌에 대한 기록은 없는가? 동시대 백제 장수의 이름들은 백제와 무수한 전투를 치른 김유신의 열전에 등장한다. 그러나 계백은 황산벌 이전에 신라와의 전투에 나섰다는 기록이 없다.

유일하게 신채호의『조선상고사』에서『해동잡록』(海東雜錄)을 인용하여 '계백이 백제 왕족인 부여씨 출신이며, 본래 가잠성 전투에서 김유신과의 싸움에서 승리하여 두각을 드러냈다.'라고 기록하고 있다. 그런데 628년에 김유신이 백제군과 맞서 싸운 가잠성 전투에 계백이 나왔다면, 그 후에는 왜 계백이 등장하지 않는지 모호하다. 또한 이때부터 전투에 나섰다면 계백의 나이도 김유신과 크게 차이 나지 않는 것으로 보아야 한다. 그런 면에서 가잠

성 전투에서 계백과 김유신이 맞섰다는 이야기는 신빙성
이 부족하다.

계백에 대한 기록이 왜 없는가에 대해, 계백이 사비성
의 권력 다툼에서 멀어져 있었다고 보는 견해가 많다. 자
의든 타의든 계백은 권력과 거리가 있었던 인물이지만,
위급한 시기에 의자왕이 믿고 군사를 맡길 만한 장군이
었던 것이다.

또한 계백이 누구의 아들이며 어떤 여인과 결혼했는지
에 대한 기록도 없다. 그에게 자식이 있었는지도 알 수 없
다. 만약 계백에게 아들이 있었다면 그 아들 역시 출전하
여 반굴이나 관창처럼 싸웠을 것이다.

계백은 전투에 나가기 전에 자신의 가족을 죽였다고 한
다. 만약 이때 전장에 나갈 십 대의 아들이 있었다면 함께
출전하였을 것이다. 그러므로 계백에게는 딸만 있었거
나, 아들이 있더라도 어렸을 것이다. 이러한 정황으로 볼
때 계백은 김유신과 달리 젊은 장수였을 가능성이 높다.

백제가 멸망한 후 임존성에서 백제부흥군을 이끈 흑치
상지(黑齒常之, 630~689년)는 660년 당시 30세였다. 흑치

상지는 이후 당나라로 가서 대장군이 되어 많은 공을 세웠기에, 그에 대한 기록은 『당서』와 묘비석에 나와 있다. 계백의 나이는 김유신보다 오히려 흑치상지와 비슷하였을 수 있다.

여러 상황을 살펴볼 때, 계백은 660년 황산벌 전투 당시 삼십 대 후반 혹은 사십 대 정도의 나이였을 것으로 보인다.

논산시 부적면 충곡리

황산벌 전투가 일어난 논산 땅 어디에서도 계백 장군의 흔적은 발견되지 않았다. 그래서 오랫동안 계백의 묘를 찾지 못하고 있었다.

그러나 계백의 묘는 분명히 있었다. 『조선왕조실록』을 보면 계백의 묘를 언급한 부분이 나온다.

전대의 왕릉과 함께 충신들의 묘를 관청에서 보수하고 훼손되지 않도록 힘쓰라.

전대 왕조의 충신인 신라의 김유신과 김양, 백제의 성충과 계백, 고려의 강감찬과 정몽주의 묘를 보수하라.

- 『선조실록』 24권 -

충신 성충, 계백을 비롯한 여섯 충신의 묘를 관청에서 보수하고 훼손되지 않도록 힘쓰라.

- 『광해군일기』 2년 -

조선 시대에 계백은 김유신과 나란히 서는 인물로 평가받고 있었다. 정확한 묘의 위치는 기록에 나오지 않지만, 분명히 묘는 보존, 관리되고 있었다.

논산시 부적면의 수락산에는 백제 유민들이 계백의 시신을 거두어 가매장하였다는 말이 전해져 오고 있었다. 그래서 골짜기의 이름도 가장골이었다. 일제 강점기 때에는 순사들이 계백 장군의 묘를 찾기 위해 이 일대의 무덤을 뒤지고 다니기도 하였다. 그러나 계백 장군의 묘라고 확신할 만한 묘는 발견되지 않았다.

그런데 『선조실록』과 『광해군일기』를 읽고 1950년대 후반부터 계백 장군의 묘를 찾아다닌 사람이 있었다. 당시 부여박물관장이었던 홍사준이었다. 그는 마지막 백제인이라고 불릴 만큼 백제사 연구에 평생을 바친 사람이었다. 그는 황산벌 싸움이 있었던 논산시 연산면을 중심으로 답사에 나섰고 사료들을 수집하였다. 그러던 중 수락산 기슭에 계백 장군 묘가 있었다는 이야기를 들었다.

홍사준은 1966년, 계백 장군의 것으로 추정되는 백제 때의 가묘 하나를 발견하였다. 봉분이 절반 이상 허물어져 알아보기 힘들 정도였다. 묘는 커서 작은 산 같았고 위에 소나무가 있었는데, 마을 사람들은 이미 그 묘를 계백의 묘로 여기고 있었다. 마을의 촌로들은 일제 강점기 때 그 무덤이 파손되었으며 무덤 안에서 투구와 무기가 발견되었다고 증언했다. 또한 무덤의 주위에 백제의 토기 조각들이 흩어져 있었다.

백제 말기의 무덤은 자오선상에서 남북을 기준으로 만들어졌는데, 묘의 앞은 남쪽을 향하고 뒤는 북쪽을 향하게 했다. 발견된 묘의 방향을 측정해 보았더니 자오선상에서 정확하게 남북 축에 놓여 있고, 전방은 남쪽 황산벌을 향하고 있었다.

이 무덤이 발견된 곳이 수락산(계백의 머리가 떨어진 곳)이고 계백의 충정을 기리는 의미에서 이 동네 이름이 충곡리가 되었다. 충곡리에는 계백을 모신 충곡서원도 있다. 충곡서원은 계백 장군의 묘에서 수락산을 넘어 약 500미터 정도 떨어진 곳에 있다. 조선 숙종 때 설립한 충곡서원은 우리나라 서원 중 유일하게 무관인 계백을 주향으로 모시고 있다. 그리고 계백의 좌우로 조선 시대 사육신인 성삼문, 박팽년, 유응부, 유성원, 하위지, 이개를 배양하고 있다. 충곡서원이 있는 위치를 고려했을 때 근처의 장군 묘가 계백의 것이라는 추정에 더욱 무게가 실렸다.

홍사준의 고증을 토대로 1970년 초반에 계백 장군의 묘 성역화 사업이 시작되었다. 논산시 부적면 충곡리 마을 사람들은 계백 장군 묘 복원 사업에 나섰다. 사람들은 마을에서 수락산까지 1km 이상의 산길을 지게로 흙을 져 날랐고 때를 가져다 입혔다. 면민들이 적극적으로 나서서 일하고 모금 활동까지 벌인 봉묘 작업은 초겨울에 시작해서 이듬해 봄에야 끝났다.

지금 충남 논산시 부적면에 가면 계백의 묘가 있다.

2장

백제는 만월이고
신라는 초승달이라

강건한 백제

백제는 성왕 때 도읍을 사비로 옮긴 후 한강 유역을 되찾으며 백제의 중흥을 위해 노력했다. 안으로는 국가 통치 제도를 정비하고 밖으로는 가야국들을 제압하며 강건한 백제를 이루었다. 그런데 신라가 백제와의 동맹을 깨고 한강 유역을 침입하여 빼앗은 후, 성왕은 관산성 전투에서 신라군의 손에 죽고 만다. 백제는 큰 충격에 빠졌고, 신라와의 사이는 급격하게 나빠졌다.

이후 백제 왕들은 성왕 시기의 번영을 다시 이루기 위해 노력하였다. 무왕(武王, 재위 600~641년) 시기에 나라가 다시 안정기에 접어들며 신라를 끊임없이 공격하기 시작하였다. 『삼국사기』에서 무왕의 출생에 대한 기록은, 법왕의 아들로 이름이 장(璋)이라는 내용이 전부이다. 그의 결혼에 대해서도 언급이 없어서 무왕의 부인이자 의자왕의 어머니가 누구였는지 알 수 없다.

그런데『삼국유사』에서는 무왕이 '서동요'의 주인공인 '서동'이라고 하였다. '서동요'는 신라의 노래로, 현존하는 향가 중에서 가장 오래된 것이다.

선화공주님은
남몰래 정을 통하고
서동방(薯童房)을
밤에 몰래 안고 간다.

『삼국유사』에는 이 노래에 얽힌 설화가 전해진다.

백제 30대 무왕(武王)은 어머니가 과부인데, 남쪽 못 가의 용과 관계하여 아들을 낳았다. 여기서 용은 왕을 상징한다. 어릴 때 이름은 마를 캐다 팔아 서동(薯童)이라고 했는데, 서동은 재주와 도량이 커서 헤아리기 어려울 정도였다.

서동은 신라 진평왕(眞平王, 재위 579~632년)의 셋째 공주 선화(善花, 善化)가 빼어나게 아름답다는 말을 들었다. 그는 서라벌로 가서 아이들에게 마를 주고 꾀어서 자신이 지은 동요를 부르게 했다. 선화공주가 밤마다 나와서 서동을 만나고 간다는 내용이니, 이 노래는 서동이 사주하여 선화공주를 음해하는 참요(讖謠)이다.

노래가 대궐까지 퍼지자, 이 노래의 내용을 알아챈 신하들이 임금에게 공주를 먼 곳으로 귀양 보내게 하였다. 공주가 대궐을 떠날 때 왕후는 공주에게 순금 한 말을 주어 노자로 쓰게 했다. 서동은 기다렸다가 공주 앞에 나타나 절하면서 모시고 가겠다고 했다. 공주는 서동에 대해 알지 못했지만, 그의 짝이 되어 믿고 좋아하여 그를 따라갔다.

선화공주가 백제로 와서 모후가 준 금을 꺼내 놓자, 서동이 크게 웃었다.

"나는 어릴 때부터 마를 캐던 곳에 황금을 흙덩이처럼 쌓아 두었소."

공주는 이 말에 기뻐하며 말했다.

"그것은 천하의 가장 큰 보배이니 우리 부모님이 계신 대궐로 보내는 것이 어떻겠습니까?"

두 사람은 신통력이 있는 지명 법사에게 부탁해 그 금을 신라 궁중으로 보냈고, 진평왕은 그 신기한 조화를 특별하게 여겨 서동을 존경하고 편지를 보내 안부를 물었다. 서동은 이를 통해 인심을 얻어서 드디어 왕위에 올랐다.

이 이야기에서 서동은 마를 캐서 살던 가난한 청년이었으나, 지혜로써 아름다운 공주를 얻고 왕위에 오르는 인물로 그려진다. 만약 이 이야기가 사실이라면 의자왕은 신라 선화공주의 아들이 된다.

그런데 이 내용의 진위에 대해서는 학자들 간에 이견이 있다. 서동요와 선화공주는 『삼국유사』에만 등장하고, 『삼국사기』에서는 선화공주를 찾아볼 수 없기 때문이다. 『삼국사기』 신라 진평왕(재위 579~632년) 편에서는 진평왕에게 천명공주와 덕만공주라는 두 딸이 있었다고 전한다. 천명공주는 용춘과 결혼하여 태종무열왕(김춘추)을 낳았고, 덕만공주는 바로 선덕여왕이다.

만약 무왕이 정말 진평왕의 딸과 결혼했다면, 그는 재위 기간에 끊임없이 처가인 신라를 공격한 셈이 된다. 그리고 의자왕이 태자가 되는 해에 왕위에 오른 선덕여왕은 의자왕의 이모가 된다. 백제를 멸한 태종무열왕 김춘추는 의자왕과 이종사촌이 되는 셈이다. 무왕과 의자왕이 그토록 신라와 대결했던 점을 생각하면, 선화공주가 실제로 있었던 인물인지 의구심이 들기도 한다.

『삼국사기』에 진평왕의 셋째 딸에 대한 언급이 없는 점을 근거로, 선화공주는 진평왕의 딸이 아니라 신라의 왕족이었으리라는 주장도 있다. 이전부터 있었던 양국 결혼 동맹의 영향으로 신라 왕족이 백제로 와서 결혼했을 것이라는 추정이다.

의자왕의 출생 연도는 명확하지 않지만, 그는 서른이 넘은 나이 혹은 마흔쯤에야 태자 자리에 올랐다. 맏아들을 일찍 태자로 책봉하는 것이 왕권을 강화하는 수단이기도 한데, 왜 의자왕은 늦은 나이에 태자에 올랐을까?

이에 대해 의자왕이 선화공주의 아들이므로 백제 귀족 사이에서 입지가 약했을 것이라는 주장이 있다. 법왕이 보위에 오른 지 일 년 만에 죽고 뒤를 이은 무왕. 그의 입장에서는 맏이를 태자에 앉혀 왕권을 강화하는 것이 중요했을 것이다. 그런데도 의자왕은 선화공주의 아들이기 때문에 백제 왕족 사이에서 지지 기반이 약해서 늦게서야 태자가 되었다는 것이다.

한편, 선화공주가 무왕의 아내였다는 주장에 반론을 제기하는 내용이 발견되기도 하였다.

익산의 미륵사를 발굴하는 과정에서 미륵사의 창건자가 무왕의 비인 사택왕후(沙宅王后)라고 기록된 것을 찾았다. 이를 근거로 일부 학자들은 무왕의 비는 사택비가 분명하니 『삼국유사』의 선화공주는 허구의 인물이라고 주장한다.

그러나 또 다른 측면에서 보면, 선화공주와 사택왕후 모두 무왕의 비였을 수 있다. 사택비가 정비이고 선화공주가 후비였거나, 선화공주가 의자왕을 낳고 죽은 후 사택비를 맞았을 수도 있다. 그러므로 무왕의 비는 사택왕비였던 것이 확실하며, 의자왕은 사택왕비의 아들이 아닌 선화공주 혹은 다른 여인의 아들이었을 가능성이 크다.

641년 무왕이 죽고 맏아들인 의자가 즉위하였다. 의자
왕은 태자 시절 해동증자(海東曾子)로 불렸다고 한다.

의자왕(義慈王)은 무왕의 맏아들로서 씩씩하고 용감하
며 대담하고 결단성이 있었다. 무왕이 재위 33년(632년)에 태
자로 삼았다. 부모에게 효도하고, 형제와 우애가 있어서 당시
에 해동증자(海東曾子)라고 불렸다. 무왕이 돌아가시자 태
자가 왕위를 이었다.

- 『삼국사기』 백제본기 의자왕 -

해동(海東)은 발해의 동쪽에 있는 나라라는 뜻으
로, 한반도 방면을 가리킬 때 쓴 명칭이다. 증자(曾子,
B.C. 505~436년)는 춘추 시대 노(魯)나라의 유학자로서
이름은 증삼(曾參)이며 자(字)는 자여(子輿)인데, 공자(
孔子)의 제자로 명성이 높아 흔히 증자(曾子)라고 하였
다. 그는 효도를 역설하였으며, 공자의 덕행과 학설을 공
자의 손자인 자사(子思)에게 전하였다고 한다.

『신당서』(新唐書)에서도 의자왕을 '해동증자'라고 평가하고 있다. 이러한 인물평은 의자왕이 유교에 관심이 깊었기 때문이라는 견해가 있다. 또한 모계의 권력이 빈약했던 의자왕이 왕위 계승 과정에서 일어날지 모르는 형제들의 반발을 막기 위해 노력했기 때문이라는 의견도 있다.

의자왕은 왕위에 오르자마자 직접 군대를 이끌고 나가 신라의 성을 빼앗기 시작했다.

의자왕 2년(642년) 가을 7월에 왕이 직접 군사를 거느리고 신라를 침공하여 미후성(獼猴城) 등 40여 개의 성을 함락시켰다.

8월에 장군 윤충(允忠)을 보내 군사 10,000명을 거느리고 신라 대야성(大耶城)을 공격하였다. 성주 품석(品釋)이 처자와 함께 나와 항복하자 윤충이 모두 죽이고 그 머리를 베어 왕도로 보냈으며, 남녀 1천여 명을 사로잡아 나라 서쪽 지방의 주(州)·현(縣)에 나누어 살게 하고 군사를 남겨 그 성을 지키게 하였다. 왕이 윤충의 공로를 표창하여 말 20필과 곡식 1,000

석을 주었다.

- 『삼국사기』 백제본기 의자왕 -

　백제의 의자왕과 신라의 태종무열왕 김춘추의 악연은 642년에 있었던 대야성 전투에서 시작된다. 대야성(지금의 합천 지역)은 지리적 군사적 요충지였고, 백제가 동쪽으로 영토를 확장하는 데 꼭 필요한 성이었다.

　의자왕은 642년 7월 신라의 성 40여 개를 함락시키고, 8월에 윤충에게 군사 1만 명을 주어 대야성을 치게 했다. 이때 대야성 성주는 김품석이었는데, 그는 행실이 방자하여 부하의 아내까지 겁탈하였다. 이에 부하들이 배신하여 백제군이 성을 점령하였고, 김품석과 그의 아내 고타소는 윤충의 칼에 죽었다. 이 고타소가 바로 김춘추의 딸이었다. 김춘추가 딸의 죽음에 마음 아파하였으며, 그 후 백제에 복수하기 위해 고구려와 왜, 당나라에 가서 목숨을 걸고 외교한 내용이 『삼국사기』에 자세히 나온다.

선덕여왕 11년(642) 겨울에 왕이 백제를 쳐서 대야성(大耶

城)에서의 싸움을 되갚으려고 이찬(伊湌) 김춘추(金春秋)를 고구려에 보내서 군사를 청하였다. 처음에 대야성이 패하였을 때 도독(都督)인 품석(品釋)의 아내도 죽었는데, 바로 춘추의 딸이었다. 춘추가 이를 듣고 기둥에 기대어 서서 하루 종일 눈도 깜박이지 않았고, 사람이나 물건이 그 앞을 지나가도 알아채지 못하였다. 이윽고 말하기를, "아! 대장부가 되어 어찌 백제를 삼키지 못하겠는가?"라고 하고는 곧 왕에게 나아가 말하기를, "신이 고구려에 사신으로 가서 군사를 청하여 백제에 원수를 갚고자 합니다."라고 하자 왕이 허락하였다.

- 『삼국사기』 신라본기 선덕왕 -

김춘추는 고구려에 지원병을 요청하러 갔다가 붙잡혀서 겨우 살아 돌아왔다. 또한 왜에 가서도 지원군 요청에 실패하자, 김춘추는 당나라로 가서 백제를 칠 계획을 세웠다. 이것이 후에 김춘추와 나당연합군이 백제를 치게 된 시발점이 되었다.

이후 648년 김유신이 군사를 이끌고 대야성을 공격했다. 그는 성을 탈환하지는 못하였으나, 성 밖에서 전투를

치러 승리하였다. 『삼국사기』에 의하면 이때 포로를 교환
하였는데, 김유신은 김품석과 고타소의 시신을 얻고 백제
장수들을 놓아주었다.

　의자왕 집권 초기에는 백제와 신라의 전투가 한 해에
도 수차례씩 있었다. 이때 전투에 나선 백제 장수의 이름
이 여럿 나오지만, 계백의 이름은 언급되지 않는다. 계백
은 이때까지 권력층에서 멀리 있었거나 정치에는 별 관심
이 없었던 인물로 보인다. 그러나 의자왕이 황산벌 전투
를 계백에게 맡긴 것을 보면 그는 조정의 신뢰를 받는 인
물이었음이 분명하다. 그러므로 계백은 사비의 권력층과
거리를 두었으되, 황산벌 전투 이전부터 장수로서의 길을
걷고 있던 인물이다.

천둥산의 무사

해 질 무렵 의자왕은 부소산성에 올랐다. 지난 비에 무너진 산성을 돌아보고 튼튼히 보수할 것을 지시했다. 벌겋게 달아오른 해가 산을 넘어간 후, 왕은 따르는 이들을 물리고 태자암에 섰다. 성충만이 왕의 한 걸음 뒤에 서 있었다.

"부왕께선 노을 지는 백마강을 좋아하셨지."

왕의 말에 성충이 말없이 고개를 숙였다.

태자암은 부소산성에서 가장 높고 아름다운 바위였다. 깎아지른 절벽 아래에는 백마강이 도도히 흘렀다. 태자 시절에 의자는 아버지인 무왕을 모시고 바위 아래의 고란사에 자주 들렀다. 그리고 배를 타고 백마강을 천천히 유람했다. 무왕은 생의 말기에 이곳에서 배를 타며 여유롭게 즐기기를 좋아했다. 태자가 무왕을 모시고 자주 오르던 바위라 하여 언젠가부터 이곳은 태자암으로 불렸다.

연보랏빛 기운이 백마강으로 쏟아져 내렸다. 하늘의 빛이 강에 내려와 더욱 붉고 선명하게 일렁이고 있었다. 흐르는 백마강을 바라보던 왕이 고개를 들어 먼 곳을 바라보았다.

"보게, 저기 산에 불빛이 보이네."

성충은 고개를 들어 왕이 가리키는 곳을 바라보았다. 그 불빛은 산의 이곳저곳으로 옮겨 다니고 있었다.

"어라하, 계백이옵니다. 얼마 전부터 천등산에 들어가서 무예를 연마한다고 하였습니다."

"그는 계룡산에 있다고 하지 않았던가?"

"계룡산의 사부가 지난겨울 열반에 들었습니다. 하여, 어릴 적 무예를 닦던 천등산으로 돌아와 무사들과 함께 작은 집을 짓고 무예를 연마하고 있습니다."

"수년 전, 고구려 무예단이 왔을 때 백제 무예를 선보였던 그 무사들 말이지?"

왕은 고구려의 기마병 앞에서도 기가 죽지 않고 무예를 선보였던 그들을 또렷이 기억하고 있었다. 그때 무사들을 사비성으로 불러들이고자 하였으나, 그들은 관직을 사양하고 계룡산으로 돌아갔었다. 그들이 고구려인 앞에서 백제 무인의 자존심을 높여 준 것도, 계백의 먼 친척인 성충의 간곡한 권유 덕분이었다.

왕은 그들의 우두머리인 계백과 그 아비를 전부터 알고 있었다.

"태자 시절, 가잠성 전투에서 나를 살리고 죽은 이가 계백의 아비였지. 그때 열댓 살이던 아들 승이 함께 전투에 나왔는데, 적군 속을 내달리는 모습이 이미 보통의 장수 이상이었지. 장수 여럿의 몫을 혼자 감당하면서도 끝까지 포기하지 않았지. 허나 아비를 따라 출전한 첫 전투에서 아비가 죽는 것을 보았으니……. 나 역시 평생 잊을 수 없는 치욕적인 전투였네."

왕은 아비의 시신 앞에서 몸부림치던 소년을 떠올렸다. 소년은 아버지의 복수를 하겠다며 홀로 적진 속으로 뛰어들었다. 좌우로 달려드는 신라의 장수를 여럿 해치우는 소년을 보며 태자는 생각했다.

'저 두려움과 분노를 고스란히 가져와야겠다. 저 소년을 기필코 내 사람으로 만들어 백제의 장수로 키워야 한다.'

소년 혼자 적진 깊숙이 들어가 있었다. 그의 칼 놀림은 신기에 가까웠으나 다가오는 적의 수가 너무 많았다.

"저 소년을 엄호하여 데리고 오라. 후퇴한다!"

태자의 명에 장수들이 달려가 소년을 억지로 끌고 왔다. 그 원한과 복수심, 용맹과 재주를 갈고닦으면 백제 최고의 장군이 될 인재였다.

"저도 가서 죽겠나이다. 목숨을 바쳐 아버님을 죽인 놈들을 베겠나이다!"

소년이 몸부림치며 울부짖었다. 태자가 근엄하게 말했다.

"장차 반드시 복수를 하여라. 그러기 위해 오늘은 물러서야 한다."

이후에 태자가 승을 찾았으나 그는 아버지의 장례를 치른 후 홀연 사라졌다. 성충이 고하기를 승은 스승을 따라 계룡산으로 들어갔다고 했다. 죽은 아비가 생전에 그 스승에게 승을 부탁했다는 것이었다.

그리고 몇 년 전, 사신단 앞에서 고구려 장수들 못지않은 무예를 선보일 무사들을 찾는데, 성충이 그들을 어렵게 불렀다. 의자왕은 그를 다시 보았을 때의 충격을 잊지 못했다. 십 대의 소년은 간데없고 무예와 기개를 갖춘 그는 평범한 무인이 아니었다. 용맹한 장수의 기상 위에 상서롭고 숭고한 뜻을 품은 선인의 위엄이 그의 얼굴에 엿보였다. 십 년 동안 속세를 떠나 오직 무예만 닦은 그의 동작 하나하나에서는 끝없이 수행하는 구도자의 자세와 도를 닦은 선인의 풍모가 동시에 드러났다. 관직을 내려 곁에 두고자 했으나, 계백은 사양하고 계룡산으로 돌아갔다.

의자왕은 그의 모습을 떠올리니 그를 곁에 붙들어 두고 싶은 생각이 더욱 간절해졌다.

"계백이라 하였나?"

"예, 계룡산에서 무예를 연마한 이들의 우두머리가 되면서, 다들 그를 계백이라 불렀습니다."

“계백을 불러 관직을 내리고 군사들의 훈련을 맡기면 어떠하오?”

왕의 물음에 성충이 잠시 답이 없다가 나지막이 말했다.

“오지 않을 사람임을 어라하께서도 아시지 않습니까?”

무엄한 대답이었다. 다른 신하였다면 우선은 계백을 불러들일 것이라 호언장담하였을 것이나, 성충은 헛된 말은 입에 올리지 않았다.

어둠이 짙어진 하늘, 달빛이 백마강에 떨어졌다. 일렁이는 달빛을 바라보며 왕은 깊은 생각에 잠겼다. 성충은 왕의 옆얼굴을 바라보았다. 사십 대 후반의 혈기 왕성한 왕은 끊임없이 신라를 칠 계획을 세우고 있었다.

“좌평이 말하길, 김춘추가 당에 가서 우리 백제를 칠 계획을 도모하여 대야성을 치러 곧 다시 올 것이라 하지 않았소?”

“예, 그러합니다. 우리도 당나라와의 친교를 두터이 하여 저들의 침략에 대비해야 합니다.”

왕은 다시 잠자코 먼 산을 바라보았다. 어둠이 깊을수

록 산에서 움직이는 불빛이 더욱 또렷하게 보였다.

"함께 수련하는 무사들 대부분이 귀족 출신이라 들었소. 아비가 출전하면 그 자식이 함께 출전하는 것이 당연한 법, 다음 전투에 계백의 무사 중 출전해야 할 이가 나올 것이오."

아비가 장수인 경우, 그 아들을 함께 출전시키라는 명이었다. 계백의 무사 중 아비를 따라 출전하는 이가 있을 것이고, 계백이라 하더라도 그들을 막지는 못할 것이라는 계산이었다.

성충은 어깨를 움찔했다. 그리하면 계백도 어쩔 수 없이 출전하리라는 생각을 왕은 하고 있었다.

김유신은 의자왕이 빼앗은 대야성을 되찾기 위해 이미 군사를 몰고 온 적이 있었다. 한번 실패하고 돌아갔으니 분명 다시 공격해 올 것이다.

648년, 성충의 예상대로 김유신이 대군을 이끌고 대야성으로 쳐들어왔다. 의자왕의 명을 받은 계백의 무사 몇이 제 아비를 따라 출전하게 되었다. 하지만 의자왕의 기대와는 달리 계백을 출전하지 않았다.

전투는 길어지고 승전보는 들려오지 않았다. 며칠 후 백제군 수백 명이 전사했다는 소식이 전해졌다. 신라군이 교묘하게 후퇴하는 척하며 성 밖에 진을 치고 있다가 추격하는 백제군을 급습하여 무수히 죽였다는 것이었다.

한 장수가 천둥산을 내달렸다. 소나무가 울창한 야트막한 산에 사람 두엇이 지나갈 만한 좁은 길이 나 있었다. 먼 길을 달려온 흑마는 오르막길이 힘든지 뜨거운 콧김을 내뿜었다. 산마루에 닿아 흑마는 앞발을 쳐들고 멈추어 섰다.

천둥산의 산마루는 평평하고 넓었다. 남북으로 내려서는 자락도 경사가 급하지 않아 무사들이 무예를 단련하기 좋았다. 장수는 주위를 둘러보며 외쳤다.

"누구 없는가?"

장수는 말에서 내려서다가 앞으로 쿡 꼬꾸라졌다. 허벅지에 꽂힌 화살을 뽑아낸 자리에는 핏물이 흥건히 고여 있었다. 장수는 칼로 땅을 짚고 일어섰다. 이윽고 소나무 숲 아래쪽에서 흰옷을 입은 무사가 올라오는 모습이 보였다.

"이보게, 계백!"

장수는 외쳐 부르고 비틀거렸다. 흰옷 입은 무사가 달려왔다. 그는 놀라 장수의 몸을 부축하였다. 장수의 얼굴은 피가 얼룩진 채 말라 있었고, 허벅지는 살이 갈라져 피가 흐르고 있었다. 무사는 장수를 알지 못하였지만, 장수는 한눈에 계백을 알아보았다.

"대야성에서 오시는 길입니까?"

말갛던 무사의 얼굴빛이 불안으로 흐려졌다. 무사는 뜨거운 눈빛으로 장수에게 전투가 어찌 되었는지를 묻고 있었다.

"자네의 무사 둘이 전사하였네."

헉하고 숨결을 토한 무사가 굳어 버린 듯했다.

"저들이 대야성 공격에 실패하고 돌아가는 척하고, 성 아래 옥문곡에 숨어 있다가 백제군을 공격했네. 선두에 나선 장수들이 전사하여, 그 아들들이 선두에 나섰다가 그만……"

무사는 떨리는 눈을 감았다 떴다.

"전령을 사비성으로 보내고, 한시가 급하여 내가 이곳

으로 왔네."

"시신은 수습하였습니까?"

"백제군의 시신이 흩어진 곳에 김유신이 진을 치고 있네. 무사들의 원수를 갚고 그 시신을 거두어야 하지 않겠나?"

흰옷을 입은 다른 무사들이 달려와 전투 소식을 들었다. 장수는 무사들 앞에서 그에게 다시 말했다.

"문무를 갈고닦았으면 세상에 나아가 뜻을 세우고 나라에 충성하는 것이 무인의 도리일세. 적의 칼에 형제의 목이 달아났는데 모른 척할 수 있나?"

장수는 말을 마치고 피를 토했다. 계백은 굵은 눈물 한 방울을 떨어뜨렸다.

무사들은 신속하게 회의했다. 계백은 입술을 깨문 채 듣고만 있었다. 그들은 세상에 나아가 입신양명하기 위해 무예를 연마한 것이 아니었다. 그러나 같이 수련하던 벗들이 적의 칼에 희생당한 채 그 시신도 거두지 못하였다.

이윽고 계백이 장수에게 말했다.

"벗들의 시신을 찾아오겠습니다."

"사비성에서 지원군이 갈 터이니 갑옷과 투구를 받아 출정하시게. 벗의 원수를 갚고 백제군의 명예를 회복하시게."

"다만 벗들의 시신을 거두어 오고자 할 따름입니다."

계백의 굳은 표정은 잡념이 없어서 더욱 단단해 보였다. 무사들은 제각기 말에 올라 천등산을 내려갔다. 장수는 부축을 받고 말에 올라 사비성으로 향했다.

무사들은 대야성으로 향하는 길목에서 사비에서 온 지원군을 만났다. 뒤쪽에 있던 장수가 무사들을 보고 앞으로 나섰다. 좌평 홍수였다.

"와 주어서 고맙네."

계백은 말없이 고개를 숙일 뿐이었다. 홍수는 무사들을 둘러보며 무겁게 말했다.

"어라하께서 자네들에게 갑옷과 투구를 내리셨네. 대야성을 지키고 신라 침략군을 섬멸하라 하셨네."

무사들은 흰옷 위에 갑옷을 입고 다시 말을 달렸다.

이틀째 새벽, 그들은 대야성에 닿았다. 대야성은 6년 전

백제가 신라로부터 빼앗은 성이었다. 신라는 수차례 대야성을 회복하려 했으나 실패하였고, 오늘 김유신이 대군을 이끌고 온 것이었다.

정찰병이 대야성 주변을 살펴본 후 보고했다.

"성은 빼앗기지 않았습니다. 다만 김유신이 성 밖의 옥문곡으로 군사를 유인하여 우리 군이 크게 당했다 합니다. 지금 잠시 전투가 소강상태입니다."

좌평 흥수가 적이 방심한 틈을 타서 공격을 시작했다. 무사들은 반대편에서 적의 뒤를 치기로 했다. 그러던 중 계백은 신라군의 한 무리가 샛길을 따라 이동하는 것을 보았다. 신라군이 백제군과 대적하지 않고 은밀히 대야성 쪽으로 향하는 것이 수상했다. 계백은 그들의 의도를 알아차렸다.

"성이 빈 것을 알고 저들이 은밀하게 대야성을 치려는 것이다. 우리는 성으로 간다!"

계백은 앞장서서 대야성으로 향했다. 무사들은 이틀 동안 말을 달려왔으나 몸은 바람처럼 날렵했다. 그들은 일찍이 무예로는 백제의 최고로 인정받았으나 실전의 경험은 없는 이들이 많았다. 처음 출전한 무사들은 긴장하고 있었으나 전의는 충만해 있었다.

"문을 열라! 우리는 사비에서 온 지원군이다!"

무사들이 성문 안으로 달려 들어갔다. 과연 성 밖에서의 전투로 인해 성안을 지키는 군사는 턱없이 모자랐다.

"적들이 옵니다!"

"활을 쏘아라!"

적들은 성이 비었을 것으로 판단하고 달려오다가 그대로 화살을 맞고 쓰러졌다.

"서문 쪽으로도 신라군이 공격하고 있습니다!"

계백은 칼을 뽑아 들고 서문으로 향했다.

"벗들의 원한을 갚기 위해 칼을 들었으니 결사 항전하라!"

그는 무사들에게 외치고 성문 밖으로 나가 적진 속으로 돌진했다. 무예를 닦되 살생을 피하라는 스승의 가르침을 따를 수 없었다. 어찌할 수 없는 비통함 속에서도 그들의 칼끝은 정확했다. 무사들은 모두 생사의 길을 넘나들며 적의 목을 베었다.

이미 며칠 동안의 전투에 지친 신라군은 무사들의 적수가 되지 못했다. 이백 남짓한 무사들이 두 배가 넘는 수의 신라군을 물리치는 데는 오랜 시간이 걸리지 않았다. 마침 흥수가 측면에서 지원해 오자 적들은 더 이상 싸울 힘을 잃고 후퇴하였다.

반나절의 전투 끝에 신라군은 더 이상 성을 공격하지 않고 옥문곡으로 물러났다. 성은 지켰으나 백제가 패한 전투였다. 흥수가 검은 수염을 날리며 달려와 무사들을 치하했다.

"그대들이 성을 지켰네. 성 밖에는 이미 천 명에 가까운 아군 사상자가 났네."

"아군의 사상자가 많은데 어찌 성을 지켰다 하겠습니까?"

죽은 이 중에는 십 년 동안 함께 무예를 닦은 벗들이 있었다. 그들의 부친도 함께 사망하였다. 계백은 어린 시절 아버지와 함께 출전하여 부친의 전사를 눈으로 지켜보았던 일이 떠올랐다. 벗들의 시신은 그때의 아버지처럼 어느 신라군의 말발굽 아래 찢기고 있을 것이었다.

"좌평 어른! 저기, 신라군입니다!"

군사가 손으로 가리키는 곳을 보았다. 계백의 군사에게 당한 신라군의 시신이 흩어진 언덕에 군대가 나타났다. 그들은 천천히 진군하되, 몇 명의 장수가 흰 깃발을 들고 앞장서 나왔다. 더 이상 싸우지 않겠다는 신호를 보이고 있었다.

"앗! 저기를 보십시오! 우리 백제의 장수들입니다!"

사로잡힌 백제의 장수들이 오라에 묶인 채 끌려 나오고 있었다. 그리고 그 뒤로 백마를 탄 장군이 나타났다. 좌우에 깃발을 든 수하를 거느리고 위엄 있게 나타난 그가 바로 김유신이었다.

계백은 그를 본 순간 뼛속을 깨치는 듯한 전율을 느꼈다. 그의 얼굴은 또렷하게 보이지 않았으나, 말을 탄 채 앞으로 나오는 모습만으로도 좌중을 제압하고 있었다. 장수로 세상에 나와 이름을 떨칠 생각을 해 본 적 없는 계백이었으나, 만약 전장에 나간다면 저런 장수와 마주해 보아야 한다는 생각이 들었다.

"좌평은 나와서 협상을 하시오. 그렇지 않으면 이들의

목숨은 없소.”

김유신은 칼을 뽑아 들었다. 홍수가 칼을 높이 들고 외쳤다.

“내가 나가겠소!”

홍수는 좌우에 장수를 거느리고 성문을 열고 나섰다.

김유신과 홍수가 거리를 두고 섰다. 김유신의 백마는 뒤로 한 걸음 물러나고 좌우에 선 장수들이 홍수 앞으로 다가왔다.

“우리는 6년 전에 백제 장수 윤충의 칼에 죽은 대야성 성주 김품석과 그의 아내 고타소의 관을 찾아가고자 하오! 시신을 내어 주면 백제의 장수들을 살려 보내겠소.”

성 위에서 협상을 지켜보는 계백은 두 뺨에 소름이 돋았다.

‘생과 사의 원한이 전쟁을 일으키고 있음이다!’

6년 전의 대야성 전투 이후, 김춘추가 기필코 원수를 갚기 위해 절치부심한다고 들었다. 드디어 오늘 저들이 백제의 장수들을 붙잡아 고타소의 시신과 교환하자는 것이었다.

'오늘은 미완의 복수에 그쳤으니, 저들은 반드시 뜻을 이루고자 다시 침공해 올 것이다.'

전쟁에서 승리하는 자는 그만큼의 피의 복수를 만드는 것이었다. 계백은 아버지의 죽음을 생각하며 마음속에서 끓어오르는 분노를 잠재우려 애썼다.

신라군은 김품석과 고타소의 관을 싣고 떠났다. 살아 돌아온 백제 장수 여덟 명은 흥수 앞에 엎드려 목을 치라고 빌었다.

"오늘의 치욕을 잊지들 마시게!"

흥수는 차갑게 대답하였다.

백제군은 전우의 시신을 수습하였다. 피비린내 나는 죽음의 들판에서 산 자들이 죽은 자의 몸을 거두는 시간은 엄숙하지도 경건하지도 않았다. 더러 시신을 붙들고 통곡하며 어떤 이는 그 참혹함에 구토하기나 실신하기도 했다.

무사들이 벗의 시신을 찾아내었다. 그들의 부친 시신도 거두어 사비로 돌아왔다. 왕이 상으로 내리는 비단은 그들에게 필요하지 않았다. 그들은 삼베옷을 해 입고 장

레를 치렀다.

성충이 흰옷을 입고 조문을 와서 왕이 계백을 찾는다고 전했다. 그러나 계백은 상중이라는 이유를 들어 궁으로 가지 않았다.

"벗들의 삼 년 상을 치를 때까지 무예에만 정진하며 벗들의 극락왕생을 빌 것입니다."

왕이 관직을 내리고자 했으나 계백은 받지 않았다

파죽지세의 시절은 가고

655년(의자왕 15년) 봄 정월에 왕이 신라의 두 개 성을 빼앗았다.

8월, 왕은 고구려, 말갈과 더불어 신라의 성 30여 개를 깨뜨렸다.

9월, 왕이 장안성을 쌓았다.

- 『삼국사기』 백제본기 의자왕 -

파죽지세로 신라의 성을 치던 전투가 끝나고 고구려군과 말갈군은 돌아갔다. 어둠이 내리는 사비성에는 연회가 열리고 있었다. 신라의 성 33개를 빼앗았으니, 왕은 집권 초기와도 같은 패기를 여전히 과시하고 있었다.

좌평 성충은 잠시 고개를 들어 하늘을 보았다. 달이 기울고 별빛에 날이 섰다. 습한 바람을 타고 간간이 피비린내가 날아왔다. 멀어지는 고구려와 말갈군의 말발굽 소리가 바람 속에 남아 있었다.

성충은 이번에는 땅을 내려다보고 깊은숨을 들이마셨다. 촉촉하고 따스한 흙냄새가 비릿한 피비린내를 희석시켰다. 백제와 고구려의 연합군 앞에서 신라는 이전보다 깊은 두려움에 휩싸였을 것이다. 김춘추는 살아남기 위해 당에 더욱 의존할 것이고, 김유신은 잃어버린 성을 되찾기 위해 결사적으로 군대를 키울 것이다.

음악 소리가 사그라들 즈음, 성충이 이마에 주름을 깊이 만들며 연회장으로 들어섰다.

"어라하! 좌평 성충 어라하를 뵙습니다."

성충이 들어서자 기다렸다는 듯이 왕이 말했다.

"풍악을 멈추라."

연주가 끝나고 악공들이 물러났다. 성충은 왕에게 예를 갖춘 후 고개를 들어 그를 보았다. 의자왕은 머리는 반백이지만 아직도 혈색이 좋고 눈빛이 형형하였다. 왕은 언제나처럼 당당한 미소를 보였으나, 오늘은 눈빛에 어떤 조바심이 비치는 것이 보였다. 성충은 그 조바심의 원인을 알기에 잠시 속이 쓰렸다.

"왕자님께서 장수들을 이끌고 신라의 성을 함락하시었으니 그 공을 경하드리옵니다."

"그러하오. 이번에 왕자 효가 군사를 대범하게 잘 이끌었소."

태자인 융은 몸이 허약하여 이번 전투에 나가지 못했다. 대신 왕자 효가 처음 출정하여 공을 세웠고, 대신들은 그 공을 크게 떠받들고 있었다.

성충은 왕자 이야기에서 화두를 돌렸다.

"어라하. 이렇게 우리가 강성한 기운을 탔을 때 당나라와도 화친하는 것이 좋을 듯합니다."

왕은 성충을 지그시 누르는 듯한 눈길로 바라보며 말했다.

"당나라도 지금 고구려의 눈치를 보고 있소. 백제와 고구려의 연합이 공고한데, 굳이 당과 화친할 이유가 무어 있겠소?"

백제는 수년 전부터 조공을 바치라는 당의 요구를 무시하고 있었다.

"하오나 어라하! 신라의 김춘추는 이미 당과 협력하기로 약조하였다 하니, 만약 저들이 연합하여 백제를 치려 하면 큰일입니다. 백제도 당과 화친하여, 나당의 연합이 공고해지지 않도록 경계해야 합니다."

성충은 왕의 곁에 한 걸음 다가가서 머리를 조아렸다.

"김춘추는 앞선 신라의 여왕들과는 다릅니다. 그는 외교를 위해 목숨을 걸고 고구려와 왜, 당나라에 직접 가서 적을 동맹군으로 만들려고 한 자입니다. 그런 김춘추가 왕이 되었으니, 신라와 당나라는 분명 연합하여 오늘날의 복수를 하려 들 것입니다."

의자왕은 그의 이야기를 들으며 검은 눈썹이 꿈틀거렸다. 마음에 들지 않는 이야기를 들을 때 왕은 저런 표정을 지었다. 그러나 왕은 쉽게 감정을 드러내는 위인은 아니었다.

"좌평의 말이 옳소. 이제는 밖으로의 전쟁보다는 내실을 굳건히 할 때이오."

내실을 굳건히 한다? 왕은 다시 태자 이야기를 꺼내려 하고 있었다. 성충은 다급하게 말했다.

"어라하! 당과의 외교를 아뢰는 말씀입니다."

"내실이 튼튼해야 외교도 잘할 수 있소."

왕은 의자에 등을 붙이고 꼿꼿하게 앉았다. 스스로 어떤 다짐을 하듯 깊은숨을 내쉰 뒤 담담하게 입을 열었다.

"태자 융은 생각이 깊고 효성이 지극하나 병약하여 자주 요양해야 하니, 시급한 국정을 맡기는 것이 염려스럽소. 하여, 효를 태자에 앉히고자 하는데 좌평들의 의견은 어떠하오?"

결국 왕은 그 말을 내뱉고야 말았다. 성충은 고개를 떨어뜨리고 이를 악물었다. 이것은 내실을 굳건히 하기는커녕 자칫 왕자의 난이나 귀족들의 분열을 일으킬 우려가 있었다.

그때 좌평 임자가 나서서 말했다.

"태자께서 병치레가 잦으시어 큰 근심이었는데 효 왕자님은 그 용맹과 기상이 어라하를 닮았으니, 이것은 왕조의 큰 복입니다."

임자는 효 왕자의 모친인 군대부인 은고의 측근이었다. 달솔이던 임자가 최근 좌평직에 오른 것도 왕의 마음이 효 왕자에게 기운 것과 무관하지 않았다. 임자는 효 왕자가 이번 전투에서 올린 공을 중언부언하고 있었다. 성충은 그 말을 자르고 목소리를 높였다.

"태자께선 심신을 잘 단련하고 계시거니와, 무릇 군왕의 덕이란 백성을 사랑하고 현명하게 나라를 다스리는 것에 있으니, 태자께선 그 덕을 지니셨나이다."

의자왕의 눈길이 날카롭게 날아오는 것을 성충은 고개를 들지 않고도 느낄 수 있었다. 신하란 나라를 위하여 임금에게 쓴소리를 할 수 있어야 하는 법, 성충은 머리를 조아리며 말했다.

"귀족들 사이에 태자 융을 폐하고 효 왕자를 태자에 책봉하려 한다는 유언비어가 나돌고 있습니다. 이는 왕조에 불안을 초래하는 일이니 삼가시어……."

"좌평! 그것은 유언비어가 아니오."

왕이 성충의 말을 자르고 좌중을 둘러보며 말했다.

"좌평들이 조심스럽고 극진하게 권하여, 나는 대신들의

의견을 들어 보고 있소.”

임자가 다시 말했다.

“이번에 보니 효 왕자님께서 담대하고 결단력이 있으시니, 장차 어라하의 뜻을 이어받을 태자의 자질이 충분한 줄 아옵니다.”

좌평들의 시선이 사택지적에게 쏠렸다. 작년에 대좌평직을 내려놓고 정계에서 물러났으나, 그는 아직 왕실과 조정에서 존경받는 원로였다. 사택가는 왕비의 가문으로, 왕실의 막강한 후원자인 동시에 권력의 핵심이 되어 왔다. 선대왕인 무왕 시절부터 왕 다음의 힘을 가진 사택지적이었다. 그런 사택지적 앞에서 작년에 좌평에 오른 햇병아리 임자가 목청을 돋우고 있었다.

사택지적은 임자를 가만히 보았다. 왜소한 몸에 마른 얼굴, 작은 눈은 매섭고 코는 뾰족하였으며 입술은 얇고 가늘었다. 아무리 보아도 신뢰할 수 없는 상이었다. 사택지적은 임자를 향해 엷은 미소를 보였으나, 목소리는 차가웠다.

“좌평이 아직 왕실의 권위가 무엇인지 잘 몰라서 하는

말인 듯하오. 권위란 개인의 자질이나 하찮은 공에 의해 좌우되는 것이 아니오. 태자의 위엄은 정당성에서 나오는 법이오."

말하는 동안 냉정하던 사택지적의 낯빛이 노기를 띠고 목소리에 점점 힘이 들어갔다. 그는 흰 수염을 부르르 떨며 왕을 향해 고개를 숙였다.

"태자께서 굳건하시고, 왕후의 집안에서 사력을 다해 충성하고 있거늘! 이제 와 태자를 바꾸자는 것은 우리 사택가를 능멸하려 함이십니까?"

순간, 왕의 입가에 엷은 비웃음이 스쳤다.

"나의 어머니도 사택가였고, 왕비도 사택가이니, 어찌 그 덕을 모르겠소? 그 공으로 사비의 옥토는 거의가 사택가의 것이니, 나라의 은덕도 가장 많이 받았다 할 것이오."

사택가는 의자왕의 외가이며 첫 번째 왕후의 친정이기도 했다. 그러나 왕후가 죽고 난 후 왕의 총애는 군대부인 은고(郡大夫人 恩古)가 한 몸에 받고 있었다. 그리고 사택왕후의 아들이자 태자인 융의 병치레가 잦자, 이를 핑계로 폐위하고 은고의 아들 효를 태자에 앉히려는 것이었다.

왕은 웃음기를 지운 얼굴로 사택지적을 보고 말했다.

"노신들이 나라를 위해 애써 왔으나 세상일에는 물러나야 할 때가 있는 법, 그래서 대좌평께서도 관직을 내려놓지 않았소? 내 이를 본받아, 나라에 공을 세운 관료들을 편히 쉬게 하고 새로이 좌평들을 뽑을까 하오."

사택지적의 얼굴이 굳어졌다. 노신들은 이제 그만 정계에서 완전히 물러나라는 말이었다. 그리고 왕은 연회장을 나가 버렸다.

성충은 의자왕이 즉위한 직후 대대적인 숙청을 하며 왕권을 강화했던 기억을 떠올렸다. 왕은 권력을 오래 쥔 관료들을 몰아내고 젊은 좌평과 달솔을 대거 등용한 후, 보란 듯이 그들을 이끌고 전투에 나서서 신라의 성들을 빼앗았다.

그런데 의자왕 15년인 지금, 또다시 숙청의 시절이 오려는 것인가.

며칠 후 성충은 천등산에 올랐다.

계백은 삼 년 상이 끝나고도 왕의 부름에 응하지 않았

다. 해마다 열리는 무예 대회에 성충의 부탁으로 한 번 참가하였을 뿐이었다. 계백과 무사들의 무예는 이미 경지에 이르렀기에 무예를 사랑하는 이라면 누구나 계백의 무사가 되고 싶어 한다는 말까지 나돌았다.

"좌평 어른, 오셨습니까?"

흰옷을 입은 계백의 아내가 먼저 나와 그를 맞았다. 그리고 성충의 하인들이 가져온 말린 생선을 받아 들었다.

"번번이 기일 때마다 살펴 주시어 감사합니다."

방에서 병풍을 세우고 있던 계백이 나와 성충을 맞았다.

"벗들의 삼 년 상을 지낸 후부터는 제사를 간소하게 지냅니다. 가져오신 것들이 상에 올리기 과합니다."

"내 정성일세."

검소함이 몸에 밴 계백이었다. 무사들도 흰옷을 입고 제사를 지낼 준비를 하고 있었다.

성충은 동생을 업고 있는 계백의 딸을 보았다. 채 열 살도 되지 않은 아이가 동생을 등에 업고 어르고 있었다.

"어허, 어린 아가씨가 장군감을 업고 있으니 얼마나 힘이 드느냐? 아기를 나에게 다오.”

성충은 하녀들의 손길을 마다하고 마루에 앉아 직접 아이를 안았다. 제사를 지내는 동안 성충은 아이를 돌보았다. 하늘에서 유성 하나가 길게 꼬리를 남기고 지나갔다. 사비성을 향해 유성이 떨어졌다. 성충은 더욱 심란해졌다.

이윽고 제사가 끝난 후 성충은 계백과 마주 앉았다.

“이달 말 궁궐 중축이 끝나고 연회가 있을 것이니, 그때 어라하의 명이 있으면 궁에 들게.”

계백이 가만히 성충을 보았다. 설마 연회를 즐기러 궁에 들라는 말은 아닐 것이었다.

성충도 계백을 그윽이 보았다. 계백의 표정은 무념무상에 이른 듯도 하고 깊은 우수에 잠긴 듯도 하였다. 아직 젊은 계백이 왜 이토록 도인처럼 살고자 하는지 성충도 온전히 이해하지는 못하였다. 그래서 더욱 계백이 믿음직스러웠다.

“그때 필시 왕자궁이나 태자궁에서 소란이 있을 것이네. 자네는 태자를 보호하여야 하네.”

“소란이라니요?”

계백의 목소리에 뭔가 불만스러운 기운이 느껴졌다. 태자의 호위무사 노릇을 하라는 말로 들린 것 같았다. 그러나 성충은 계백 외의 관료들은 믿을 수 없었다. 그들 중 누가 태자가 아닌 왕자의 편에 설지 모르는 일이었다.

“태자의 목숨을 보전하는 일이네. 다른 이에게 부탁할 수 없네.”

“어라하께서 태자를 지켜 주시겠지요.”

“어라하는 태자를 폐하려 하신다. 이를 아는 무리가 한 발 앞서 태자에게 위해를 가하려 들 것이네.”

“왕권 다툼에 감히 신이 어찌 관여하겠습니까?”

“어라하와 태자의 목숨을 지키는 것은 그들의 목숨이 귀해서가 아니네. 지금 왕권이 무너지면 그 틈새로 신라가 쳐들어올 걸세. 저들은 이미 준비가 되어 있을 것이네.”

“준비라니요?”

“당나라와 힘을 합쳐 우리 백제를 칠 준비 말일세. 그래서 우리도 당과 교류를 해야 한다고 아뢰었지만, 어라하께선 듣지 않으셨네.”

계백은 짧은 한숨을 내뱉었다.

“김유신은 용맹하기보다 극도로 간교한 자야. 지난번에도 국경을 오가는 신라의 첩자를 잡았네. 김유신은 분명 첩자를 보내 조정의 사정을 모두 파악하고 있을 게야.”

성충은 권력에 욕심이 없는 계백이기에 순정한 충심으로 태자를 지켜 줄 수 있으리라 믿었다.

성충은 새벽이 되어서야 천등산을 내려왔다. 문득 돌아다보니 산마루에서 등불이 이리저리 움직이고 있었다.

‘계백만이 백제의 어둠을 밝히는 등불이 되리라.’

성충은 계백이 백제를 구할 수 있다고 믿고 싶었다.

왕자의 난

태자궁을 수리하는 동안 태자는 성 밖의 절에서 요양하고 있었다.

성내의 수리가 끝났다는 기별이 온 후 태자 융은 궁으로 돌아갈 채비를 했다. 성충이 태자에게 와서 이르기를 혹시 불측한 무리가 나타나더라도 두려워하지 말라고 하였다. 백제 최고의 무사가 자신을 지켜 줄 것이라 했다.

"나는 어찌 아버지의 호방한 기운을 닮지 않고, 제 몸의 병 하나 다스리지 못한단 말인가?"

융은 자신의 신세를 한탄하였다. 성충이 주의를 준 '불측한 무리'가 어느 세력을 말하는 것인지 태자는 알고 있었다. 군대부인의 소생인 왕자 효와 태는 태자의 자리를 넘보고 있었다.

태자는 절을 나섰다. 수행하는 이들이 가마를 대령하고 있었다. 태자는 말을 타고 싶었지만 가마에 올랐다. 군사들이 앞뒤로 호위하고 산을 내려갔다.

갑자기 가마 밖이 소란스러워졌다. 태자가 밖을 내다보니 복면한 군사들이 칼을 들고 가마 주변을 에워싸고 있었다. 태자는 가마에서 내렸다.

"감히 누가 태자의 앞길에 칼을 겨누는가?"

태자는 호기롭게 외쳤지만, 목소리는 떨리고 있었다. 말을 탄 군사들이 칼을 겨누고 다가왔다. 태자를 호위하는 병사들은 갑자기 나타난 군사들에게 둘러싸였다. 복면을 쓴 장수 둘이 칼을 뽑아 들고 나타났다. 장수는 망설임 없이 달려와 태자의 목에 칼을 겨누었다. 태자는 그만 주저앉고 말았다. 다른 장수가 호기롭게 소리치며 달려왔다.

"이얏!"

칼끝이 정확하게 태자를 겨누었다.

그때였다!

챙!

칼끝을 재빨리 쳐내는 다른 칼이 있었다. 갑옷을 입지 않은 한 장수가 칼등으로 태자의 목을 겨눈 칼날을 막은 것이었다.

"태자마마!"

그의 굵은 음성이 끝나기 전에 숲속에서 무사들이 달려왔다. 그들은 군사들 앞에 벽을 치듯 가로막고 섰다. 주저앉아 떨고 있는 태자를 장수가 두 손으로 공손히 일으켜 세웠다.

"태자마마, 소신 계백이라 하옵니다. 안심하시옵소서."

조용히 말하고 돌아선 그는 태자를 공격하려는 무리를 향해 근엄하게 외쳤다.

"감히 누가 태자마마를 공격하는가? 이는 역모이니 용서받을 수 없다. 여기서 돌아가면 그 죄를 묻지 않겠다!"

그의 목소리가 쩌렁쩌렁 온 산을 울렸다. 태자를 공격한 장수가 말했다.

"우리는 성에서 나왔으니 우리 앞을 가로막지 말라!"

장수가 계백에게 달려들었으나 계백이 칼등으로 내리

치자 그만 말에서 굴러떨어졌다. 군사들은 잠시 움찔하는 기색이었으나 칼을 뽑아 들고 공격했다. 계백의 무사들은 몸짓이 재빠르고 정확했으나 그들을 베지는 않았다.

태자 융은 자신을 보호하며 나는 듯이 칼을 쓰는 장수를 보았다. 그가 바로 성충이 말한 계백이었다.

가마를 공격하려던 무리는 말에서 떨어져 구르고 실신하여 뻗어 버렸다. 피는 흘리지 않았으나 그들은 싸울 힘을 잃은 듯 보였다. 태자의 목을 겨누었던 장수 둘은 말에서 떨어져 계백 앞에 꿇어앉았다.

그때 등 뒤에서 달려오는 말발굽 소리가 들렸다. 계백이 얼른 태자를 보호하며 돌아보았다. 말을 탄 귀공자 둘이 병사들의 호위를 받으며 다가왔다.

"효와 태!"

태자 융이 그들을 보고 낯빛이 하얘졌다. 귀공자들은 이복동생인 효 왕자와 태 왕자였다. 그들이 왕자라는 말을 듣고 계백은 칼을 내리고 예를 갖추었다.

말 위에 앉은 효는 야릇한 미소를 지으며 태자 융을 내려다보았다.

"형님, 태자궁의 수리가 아직 끝나지 않아 궁에 들지 말라시는 어라하의 명입니다."

태자 융은 분노했다.

"거짓말하지 마라! 네가 군사를 동원해 내 앞길을 막는 것은 분명 역모다. 물러나거라!"

왕자 태가 저돌적으로 말을 달려와 융을 위협하려 하자 계백이 손으로 태의 말을 저지했다.

"왕자마마. 신 계백, 태자마마를 궁으로 모시라는 명을 받았습니다. 길을 비켜 주시옵소서."

그러자 왕자 효가 말에서 내려 계백과 마주 섰다.

"감히 그 명을 내린 자가 누구요? 어라하께서 그런 명을 내렸을 리 없소."

계백은 고개를 숙이며 대답했다.

"좌평 성충이 어라하의 명이라 전해 주었습니다."

효는 분한 듯이 말했다.

"성충 그자가 어라하의 명을 빙자한단 말인가? 어라하께선 태자를 들이지 말라 하셨네."

계백이 태자를 돌아보는 사이에 효 왕자가 악을 쓰듯

외쳤다.

"나의 군사가 많거늘, 내 군사를 다 죽이고 궁으로 갈 셈인가?"

효의 눈짓에 가까이 선 군사들이 칼을 들고 달려들었으나 계백이 모조리 막아 내었다.

"봐주지 말고 덤벼라!"

효가 다시 외쳤다. 왕자들은 이 자리에서 태자를 죽이기로 작정한 듯했다. 계백은 두 손으로 칼을 고쳐 잡고 말했다.

"피를 보지 않으려 하였으나, 어라하의 명을 받았으니 어쩔 수 없습니다, 왕자님!"

계백의 표정이 달라지자, 군사들은 주춤거리며 뒤로 물러났다. 왕자들도 계백이 두려운 듯 선뜻 명을 내리지 못하고 머뭇거렸다.

태자 융은 비로소 자신의 처지를 실감했다. 계백의 무사들이 아무리 무예가 뛰어나더라도 저들을 베지 않고 무사히 궁으로 가기는 어려울 것이다. 그러나 계백은 왕궁의 군사를 함부로 베지 않을 것이다. 융은 꼿꼿하게 서서 태자로서의 위엄을 보이려 애를 썼다.

"태자를 위협하는 것은 역모다. 역모를 한 자는 죽어 마땅하다!"

태자의 목소리가 갈라졌다. 왕자 효가 태자 앞에 다가섰다. 키가 큰 효가 왜소한 몸집의 융을 짓밟는 듯한 눈길로 내려다보았다.

"형님 한 사람 때문에 무수한 병사가 죽을 수도 있고, 형님이 이름도 없는 일개 군사의 손에 죽을 수도 있습니다."

계백이 왕자 앞에 나섰다.

"왕자님의 뜻이 오해를 불러일으키지 않도록 칼을 거두십시오."

그리고 계백은 다시 태자를 보았다.

"태자마마, 어찌하오리까? 명을 내리시면 어라하의 명이라 여기고 이들을 모조리 베고 궁으로 모시겠습니다."

계백의 무사들이 일제히 칼을 고쳐 잡고 달려들 태세를 취했다. 그러나 융은 계백의 복잡한 눈빛에서 그의 뜻을 읽었다.

"절로 돌아가겠네. 가서 아버님의 명을 기다리겠네."

태자는 어깨를 펴고 당당하게 말하였으나, 돌아서는 순간 눈물이 떨어졌다. 가마에 오르는 태자를 부축하며 계백이 나지막이 말했다.

"잘 참으셨습니다."

태자는 두 달 동안 머물렀던 절로 다시 돌아왔다. 계백은 자신의 무사들을 모두 돌려보냈다. 왕궁의 군사와 피를 보는 싸움을 하지는 않겠다는 뜻이었다. 왕자들은 절 주위에 감시병들을 세워 놓고 돌아갔다.

밤이 되었다. 태자와 계백은 백마강이 굽어 보이는 언덕에 앉았다. 하늘에 뜬 보름달보다 더 큰 달이 백마강에 일렁이고 있었다.

"성충이 와서 그대 이야기를 하였소. 백제에서 제일가는 무인인데 관직을 싫어한다고 들었소."

"싫어하는 것이 아니오라, 저의 길이 아님을 알 뿐입니다."

태자는 계백을 보았다. 이럴 때의 그는 용맹한 장수라기보다 현명한 선비 같았다.

"그대의 길이 아님을 어찌 아시오? 나는 모르겠소. 동생들이 저토록 태자 자리를 노리는데, 과연 무엇이 나의 길인지 모르겠소. 나는, 길을 잃은 것 같소."

"어떤 길은 늘 잃기가 쉽습니다. 태자님의 그 자리가 곧 태자님께서 가야 할 길이지요."

태자는 다시 계백을 보았다. 흐트러짐이 없이 말하는 그의 어조에 믿음이 갔다.

"태자의 자리에 집착하신다면 겸허한 마음이 사라져 그 길이 자기 길인지 알 수 없습니다. 태자마마든 다른 왕자님이든 마찬가지겠지요."

"태자 자리에 매달리지 말라는 말씀이오?"

"제가 어찌 감히 그리 말씀드릴 수 있겠습니까? 저는 부와 명성을 좇지 않으니 그것을 잘 모릅니다. 다만 그 길이 태자님을 낭떠러지로 몰아갈 수 있겠다는 생각이 듭니다."

"그대는 어찌 스님과 비슷한 말씀을 하시오?"

그러자 계백이 껄껄 웃었다.

"저 역시 복수에 집착하여 자신을 괴롭힌 시간이 길었습니다. 그 길이 제 길이 아님을 알고 무예에 정진하니 마음이 가벼워졌습니다."

태자는 자신보다 열 살쯤 많아 보이는 계백이 세상의 뜻에 통달한 듯 보이는 것이 이상했다. 태자는 한참 생각하다가 물었다.

"나도 무예를 수련하면 그대처럼 단단한 사람이 될 수 있겠소?"

"감히 태자마마와 저를 어찌 비교할 수 있겠습니까? 태자께선 뜻이 높으신 분이고, 저는 뜻이 없는 사람입니다. 다만 심신을 단련하고 수양에 힘쓰면서 뜻을 깨치고 길을 찾으려 합니다."

태자는 계백의 말이 온전히 이해되지는 않았다. 그러나 그 말이 자신의 길을 어느 정도 밝혀 주는 것 같았다.

다음 날 태자는 다시 궁을 향해 길을 나섰다. 군사들이 앞을 막고 섰다. 하룻밤 새 태자는 얼굴이 수척해졌으나 표정은 편안하였다.

"효와 태 왕자에게 전하라. 아우들의 뜻을 따를 테니 나의 앞길을 막지 말라고 하라."

계백이 칼을 겨눈 군사들 앞으로 성큼성큼 나가서 길

을 열었다. 태자는 가마에 올라 호위하는 병사들을 데리고 성으로 향했다.

사비성 입구에 다다랐을 때 효와 태 왕자가 나타났다. 왕자들은 태자 융에게 가마에서 내려 걸어서 성내로 들어가라고 했다. 태자는 입술을 깨물며 계백을 보았다. 태자는 계백의 호위를 받으며 걸어서 성문을 통과했다. 그때 성충이 소식을 듣고 달려왔다.

그는 상황을 파악하고 계백을 힐난했다.

"태자마마를 목숨 바쳐 모시라 하였거늘!"

"좌평, 계백은 아무 잘못이 없소. 나 스스로 결정한 일이오."

계백은 자신의 소임을 다했다는 듯이 태자에게 머리를 숙였다.

"태자마마, 용기 있는 결단을 내리셨습니다. 성정을 편안히 가지시고 옥체를 강건히 하소서."

그리고 성충을 향해 고개를 숙였다.

"좌평 어른, 태자마마를 지키는 다른 길을 찾지 못하였습니다. 송구합니다."

계백은 무거운 짐을 내려놓은 듯 가볍게 돌아서서 성을 나섰다. 태자는 문득 계백이 부럽다는 생각이 들었다.

이때 의자왕은 대대적인 관료 개혁을 단행했다. 왕은 자신의 왕자들과 젊은 관료 사십여 명에게 좌평직을 내렸다. 좌평은 제1관등으로 대좌평 외에 다섯 명만 두는 것이 원칙이었다.

의자왕은 사십여 명의 좌평에게 나랏일을 맡기려는 것은 아니었다. 왕자들을 중심으로 왕실의 힘을 키우기 위해 형식적인 좌평직을 내린 것이었다. 그동안 백제를 다스리던 원로 귀족들의 세력을 약화하고 신진 세력 중심으로 왕권을 강화하려는 의도였다.

귀족들의 불만이 높아진 가운데 왕자 효가 태자의 자리에 올랐다.

『삼국사기』를 보면 태자의 이름이 의자왕 초기와 말기가 서로 다르다. 초기에는 태자의 이름이 융으로 나온다.

의자왕 4년(서기 644) 봄 정월, 당나라에 사신을 보내 조공

하였다. 당 태종이 사농승(司農丞) 상리현장(相里玄獎)을
양국에 보내 알아듣도록 타일렀다. 임금이 표문을 올려 사죄
하였다. 왕자 융(隆)을 태자로 삼았다. 죄수들을 크게 사면
하였다.

— 『삼국사기』 백제본기 의자왕 —

그런데 660년 나당연합군의 공격을 받은 후 의자왕이
웅진성으로 도피한 내용에는 태자 이름이 효로 나온다.

임금은 태자 효(孝)와 함께 북쪽 변경(웅진성)으로 달아났
다. 소정방이 성을 포위하자 임금의 둘째 아들 태(泰)가 스스
로 왕이 되어 병사를 거느리고 굳게 지켰다.

— 『삼국사기』 백제본기 의자왕—

의자왕은 재위 15년 동안 백제 역사상 그 어떤 왕보다
강력한 왕이었다. 그는 지속적인 공격으로 신라를 불안
에 빠뜨렸다. 그랬던 의자왕이 마지막 5년 동안 주춤하
였던 이유는 무엇일까? 그가 말기에 주색잡기에 빠져 충

신들을 모두 죽였다고 하나, 이는 뚜렷한 근거가 없는 주장이다.

이 시기에 태자가 교체되고 새로운 태자 중심의 신흥 권력을 키우려던 의자왕의 야심이 실패로 돌아갔으리라는 견해가 오히려 설득력이 있다. 기록을 살펴보면 의자왕에게는 정비인 사택비와 후비인 군대부인이 있었으며, 정비와 후비 소생 왕자들 간에 왕권 다툼이 있었던 것으로 보인다.

백제가 권력 재편성으로 인한 내부 갈등을 겪고 있을 때, 신라는 당과 밀착하여 백제를 향한 침략 계획을 세우고 있었다. 당시 백제는 652년 이후 당과의 교류를 끊었고, 당이 신라를 향한 침략을 자제하라고 주문했음에도 불구하고 655년 고구려와 연합해 신라를 공격했다. 이로써 백제는 신라뿐만 아니라 당과도 극도로 대립하게 되었다.

이에 655년 8월 당에서 귀국한 왜국의 견당사가 신라를 도와 백제와의 전쟁에 나서라는 당 고종의 명령을 전달하는 등 외교 구도가 급격히 재편되고 있었다. 이러한 상황

에서도 의자왕은 당과 단절하는 정책을 고집했고, 그 사
이에 신라는 나당연합군을 결성하게 되었다.

성충 지다

656년, 의자왕은 태자 효를 위한 연회를 베풀었다. 새로 뽑은 젊은 좌평들과 신진 세력을 결집하여 태자에게 힘을 실어 주고자 했다.

풍악이 울리고 있을 때 성충이 다급하게 들어섰다. 그는 의자왕 앞에 엎드려 말했다.

"어라하! 당나라가 왜국에 밀서를 내렸다 합니다. 당이 신라와 연합하여 백제를 치려 하니 왜도 신라를 도우라는 밀명이었다 합니다."

왕은 버럭 화를 내었다.

"그래서, 왜가 우리 백제를 배신하고 신라를 지원할 것이라는 말이오?"

성충이 대답하기 전에 임자가 나섰다.

"어라하! 왜에는 수년 전부터 풍 왕자가 나가 계시고, 그들이 왕자님을 섬기고 있거늘, 어찌 신라와 힘을 합칠 수 있겠나이까? 이는 우리 백제의 존엄을 떨어뜨리는 유언비어입니다."

성충이 임자를 향해 소리쳤다.

"임자는 그 입을 다무시오. 무릇 신하란 임금이 안을 보면 두루 밖을 살피고, 임금이 밖을 살필 때 내실을 기해야 하거늘, 어찌 그대는 태자궁에 엎드려 지낼 궁리만 한다는 말이오?"

임자는 어깨를 움찔하였으나 얼굴색도 변하지 않고 천연덕스럽게 웃었다.

"허허, 태자의 권위를 살리는 것이 왕권을 보존하는 길인 것을, 태자궁에 엎드려 보살피는 것이 무어 잘못이란 말이오?"

성충은 임자의 말에 대꾸할 필요도 없다는 듯 왕에게 고했다.

"어라하! 나당연합군이 반드시 우리 백제를 공격해 올

것이니 미리 대비하셔야 합니다.”

“좌평, 내 왕위에 오른 후 지금껏 쉬지 않고 신라를 공격하여 왔소. 이제 태자와 젊은 좌평들의 힘을 키워 새로운 백제의 힘을 보여 줄 때요.”

성충은 다시 이마를 땅에 대며 고했다.

“어라하의 덕을 어찌 모르겠사옵니까? 하오나 이제는 당과 화친해야 합니다. 더 늦기 전에 당의 손을 잡아서 신라가 세력을 키우지 못하도록 막아야 합니다.”

왕은 몸을 뒤로 젖히고 먼 산을 바라보았다. 그러자 임자가 다시 끼어들었다.

“수년 전부터 우리 백제는 당에 조공을 끊고 고구려와 힘을 합치고 있습니다. 당도 고구려는 함부로 하지 못하거늘, 신라와 당의 눈치를 살펴야 한다니, 이는 우리 백제의 위상을 떨어뜨리는 일입니다.”

“어허, 좌평!”

성충은 고개를 빳빳이 들고 임자를 노려보았다.

“누구의 사주를 받고 이리 분란을 획책하는가? 권력에만 눈이 멀어 네가 감히 성심을 어지럽히려 드는구나!”

임자는 왕의 눈치를 슬쩍 살핀 후에 발끈하여 말했다.

"감히 어라하 앞에서 그 무슨 망발이오? 좌평이야말로 당을 숭상하자 하니, 혹여 당과 은밀히 내통이라도 하는 것 아니오?"

성충은 다시 왕에게 고했다.

"저들은 반드시 침략해 올 것입니다. 우리는 시급히 대비해야 합니다. 어라하! 간사한 자들의 세 치 혀를 믿지 마시고 백제의 앞날을 살피소서!"

그 말에 왕이 성충을 노려보며 소리쳤다.

"어허, 좌평! 내가 간사한 말에 놀아나서 나라의 앞날을 도모하지 못한단 말이오? 당장 물러가시오!"

좌우에서 신하가 달려들어 성충을 끌어냈다. 태자 옆을 지키고 섰던 달솔 상영이 조심스럽게 고했다.

"성충이 평소 자신의 충언을 듣지 않는 조정에 대한 불만이 크다고 들었습니다. 이번에 어라하께서 왕자들에게 좌평직을 내리신 것은 큰 불찰이라 하며 노신들의 뜻을 모으고 있다고 하옵니다."

"그 입 다물라!"

좌평 의직이 성충의 말을 새겨들어야 한다고 고했지만, 왕은 그들을 뿌리치고 돌아섰다.

좌평 임자 등은 성충이 왕실의 존엄을 떨어뜨리고 임금에게 불복한 죄를 물어야 한다고 계속 고했다. 왕은 결국 성충을 옥에 가두라는 명을 내렸다.

성충은 옥에 갇힌 후 곡기를 끊었다. 자신의 주장을 받아 줄 때까지 음식을 입에 대지 않겠다는 뜻이었다. 몇몇 신하들이 성충에게 은밀히 들러 회유하였으나 그는 듣지 않았다.

야심한 밤, 왕이 성충을 찾아왔다. 성충은 꿇어앉아 이마를 차가운 땅바닥에 대었다.

"어라하! 소신의 충언을 새겨들어 주시옵소서."

왕은 주변을 모두 물리고 성충에게 가만히 말했다.

"이 나라에 그대만 한 충신이 또 있겠소? 왕의 뜻을 거스르는 신하에게 벌을 주는 것은 다른 신하들의 본보기를 삼기 위함이오. 곡기를 끊었다 들었소. 그러지 말고 몸을 잘 추스르기를 바라오."

가라앉은 목소리에는 안타까움이 배어 있었다. 성충의

눈에서 떨어진 눈물이 식은 땅바닥을 뜨겁게 적셨다.

성충이 물 한 모금 입에 대지 않은 지 이레가 지났다. 그는 일어나 앉지 못하고 누운 채 눈을 감고 있었다. 어둠이 내리는 감옥에 한 사내가 찾아왔다.

"좌평 어른!"

성충은 그 목소리를 듣고 벌떡 일어났다. 피골이 상접한 얼굴에서 두 눈만 빛났다. 성충은 옥 밖에 꿇어앉은 그의 손을 잡았다.

"계백, 자네 생각을 하고 있었네. 아무리 생각해도 자네밖에 없네."

검은 수염이 자란 계백의 얼굴에 수심이 깊었다. 늘 말갛던 그의 단단한 얼굴, 무심하고도 단호하던 눈빛이 흔들리고 있었다.

"좌평 어른, 어찌 스스로 괴롭히십니까? 이는 순리가 아닙니다."

성충의 광대뼈가 바르르 떨리며 웃음을 보였다.

"흘러가는 순리가 내 눈에 보여서 그러네. 신라가 당과 함께 쳐들어올 것이네. 저들은 당을 업지 않고는 살아날 방법이 없기 때문에 반드시 당의 대군을 이끌고 올 걸세. 김유신을 막을 이는 자네밖에 없어. 내 말을 명심하게.”

“어찌 제가 그런 일을 하겠습니까?”

“자네가 군사들의 교육을 맡아 주게. 나의 유언이네.”

“그리 약한 말씀 마시고, 우선 여기서 나가 앞날을 도모하시지요.”

성충의 앙상한 손이 계백의 손을 꼭 잡았다. 굳은살이 박인 단단한 그의 손이 성충은 믿음직스러웠다.

“어라하께서 관직을 내리시면 받게. 자네와 자네의 무사들이 병부를 맡아서 군사를 훈련해야 하네. 병관좌평 흥수와 의논하게.”

성충의 뜨거운 눈물이 계백의 손에 떨어졌다. 순간 계백의 숨결이 뜨거워지는 것을 느꼈다.

“좌평 어른.”

성충과의 마지막을 알아챈 듯 계백의 무쇠 같은 손이 떨리고 있었다.

“그저 흰 구름 흘러가듯 살고 죽는 것, 그게 순리 아닌가? 걱정할 것도 슬퍼할 것도 없네. 자네가 걱정할 것은 오직 백제의 운명밖에 없네.”

성충은 할 말을 다 한 듯이 계백의 손을 놓았다. 계백은 천천히 일어나 성충에게 절을 올렸다.

“미안하네. 자네에게 큰 짐을 지우고 가네.”

성충은 꼿꼿하게 앉아 계백의 뒷모습을 바라보았다. 그리고 옥문지기를 불러 등불을 밝히고 지필묵을 가져다 달라고 했다. 성충은 붓을 들 힘도 없었지만, 정신은 맑아졌다. 육신의 잡념이 사라지자 또렷한 뜻만 남았다. 그는 허무한 가운데 심신이 하나 되는 환희를 느꼈다. 그것이 이 세상 마지막 기운이었다.

어라하, 신이 일찍이 태자셨던 어라하를 모실 때 이미 저의 운명이 정해졌나이다.

사비를 도읍으로 옮겨 백제를 강성하게 하신 성왕의 뜻을 이어받고, 성왕께서 못 이루신 꿈을 이루겠다고 다짐하신 태자마마를 저의 주군으로 모시었습니다. 선대왕이신 무왕 시절부터 어라하의 뜻은 오직 하나 강성한 백제에 있었고, 신의 뜻 또한 어라하의 뜻과 한가지였습니다.

충신은 죽어도 임금을 잊지 않는 법입니다. 신이 항상 정세를 유심히 살펴 앞날을 예견해 왔사온데, 당나라와 신라 그리고 고구려의 형세를 보아 반드시 전쟁이 일어날 것입니다. 어라하의 지혜와 용맹함에 겁이 난 신라가 당나라를 끌어들여 쳐들어올 것이니 대비하소서.

전쟁에서는 지형이 가장 중요한 법, 많은 적을 막기 위해서는 지형을 잘 이용해야 합니다. 적이 쳐들어오면 바다는 기벌포를 막으시어 적이 들어오지 못하게 해야 합니다. 육로는 탄현의 지형이 험난하니 이곳을 넘지 못하게 막으소서. 이곳만 막으면 아무리 많은 적이 온다 한들 백제를 지킬 수 있나이다.

불충한 신은 이제 어라하의 땅으로, 순결한 백제의 흙으로 돌아가서 거름이 되고자 합니다. 신을 밟고 백제의 앞날을 밝히는 성군이 되소서.

성충은 옥에서 굶어 죽었다. 유성이 길게 꼬리를 물고 서쪽으로 떨어졌다. 온 백성이 성충의 죽음을 슬퍼하였다.

충신의 죽음은 의자왕에게도 큰 충격이었다. 왕의 명으로 변방을 둘러보고 있던 흥수가 사비성으로 달려와 통곡했다.

"어라하! 어찌하여 충신을 죽게 하시나이까? 성충은 고금에 다시 나오지 않을 지혜로운 인물이거늘, 어찌 임자의 말을 믿고 성충을 가두셨나이까? 어라하! 임자를 믿지 마시옵소서!"

왕은 흥수의 말이 과하다고 소리쳤으나, 벗의 잃은 흥수의 마음을 이해하였다.

"임자의 말을 듣고 성충을 죽이시다니요? 어라하! 임자를 쫓아내소서!"

흥수는 결국 쫓겨났다.

좌평 임자.

그가 집에 들어서자 하인으로 부리는 조미갑이 달려와서 임자 앞에 엎드려 고했다.

"좌평 어른, 이제 백제는 좌평 어른의 세상이 되었다고들 합니다. 경하드리옵니다."

"어허, 이 무슨 망발인가? 충신이 죽었거늘!"

임자는 조미갑의 세 치 혀가 보통이 아님을 확신했다. 조미갑은 조용히 임자를 따라 방에 들었다.

"성충이 죽으면서, 신라가 곧 백제로 쳐들어올 것이라는 유언을 남겼다고 들었습니다."

"성충이 앞날을 내다보는 힘이 있다고 주위에서 떠받드니, 죽을 자리를 보고도 망상에 빠진 것이지. 기벌포와 탄현을 막으라 하였다니, 아직 쳐들어오지도 않은 적을 어찌 알고 그런 말을 한단 말인가."

"이제 성충이 죽었으니 좌평 어른에 대한 어라하와 군대부인의 신임이 더욱 두터워질 것 아닙니까? 경하드리옵니다."

얼마 후 조미갑은 상단을 따라 장사를 다니며 백제의 여기저기를 둘러보겠다고 했다. 조미갑은 본래 신라 출신이었는데, 의자왕이 그 지역을 빼앗아 백제인이 되었다. 임자는 그를 믿을 수 없었지만, 조미갑에게는 임자를 끌어당기는 묘한 힘이 있었다. 신라에서 하급 관리였다는 그는 살아남는 방법을 잘 알았으며 권력을 탐하는 욕망이 살아 있었다.

"저번에도 집을 나가서 돌아다니다가 국경 근처에서 붙들려 혼이 났다고 하지 않았느냐?"

"그때는 지리를 몰라 그리되었지요. 이번에는 상단을 따라가니 위험한 일은 없을 것입니다. 많은 것을 보고 듣고 와서 좌평 어른께 고하겠나이다."

임자의 허락을 받은 조미갑은 그길로 집을 나와 국경을 넘었다.

『삼국사기』와 『삼국유사』에 의하면 성충은 의자왕에게 직언을 한 죄로 옥에 갇혀 죽었다. 죽기 전에 기벌포와 탄현을 막으라는 말을 남겼다는 내용 외에는 그에 대한 기록이 거의 없다.

다만 신채호의 『조선상고사』에는 성충에 대한 다른 내용도 전해진다.

『조선상고사』에 따르면 성충은 백제의 왕족인 부여씨(夫餘氏)로, 윤충이 그의 친동생이라고 한다. 백제 시대의 인물은 거의 성을 붙이지 않고 이름만 기록하였기 때문에, 성충과 윤충이 친형제 간이었는지 명확하지는 않다.

김춘추가 고구려에 갔을 때 성충은 연개소문에게 편지를 보내 설득하여 김춘추를 곤경에 빠뜨리는 등 뛰어난 능력을 발휘했다. 그러나 이후 임자의 참소를 받고 의자왕에게 박해당해 뜻을 펴지 못했다고 전한다.

『조선상고사』는 성충에 관한 일화를 몇 가지 소개하고 있다.

첫 번째 일화로, 동예에서 성충에게 선물을 보내자 사람들이 기뻐하며 열어 보려고 하였다. 그러나 성충은 그들이 갑자기 선물을 보낸 것이 수상하다고 여겨 모두 불태우라고 지시했다. 불을 붙인 후 보니 안에는 많은 땅벌이 불에 타 죽어 있었다.

두 번째 선물이 오자, 사람들은 또 속을 줄 아냐며 선물을 불 속에 집어 던지려 하였다. 성충이 만류하고 이번에는 그냥 열어 보게 했는데, 거기엔 폭발물인 유황과 염초들이 들어 있었다. 그냥 불에 넣었다면 사상자가 나왔을 것이다.

세 번째 선물이 오자 성충은 이번에는 상자를 톱으로 켜게 했다. 그러자 안에서 사람의 비명이 터져 나오고 핏물이 흘러나왔다. 상자 안에 있던 선물은 칼을 쥔 자객으로, 톱질로 인해 허리가 끊어져 죽어 있었다.

이 이야기는 신채호가 민담처럼 전해져 내려오는 이야기를 그대로 기록하였을 수도 있고, 조선인 신채호의 가치관이 가미된 내용일 수도 있다. 내용에 약간의 과장이 있을 수는 있으나, 성충이 누구보다 지혜롭고 강직한 인물로 평가받아 온 것은 분명하다.

『삼국사기』에서는 의자왕이 궁녀들을 데리고 향락에 빠져 좌평 성충이 적극 말렸더니, 왕이 노하여 그를 옥에 가두었다고 기록하고 있다. 그러나 이 기록만으로 성충의 죽음이 의자왕의 사치와 향락 때문이라고 단정할 수는 없다. 성충은 죽으면서 기벌포와 탄현을 지키라는 유언을 남겼다. 왕에게 간언을 아끼지 않는 성충이 왜 죽으면서 '사치와 향락에 빠지지 말라'는 말은 하지 않았을까?

의자왕 말기에 궁궐을 증축했다는 기록이 있다. 의자왕의 '사치'에 대한 근거가 될 수도 있으나, 궁궐의 증축은 어느 나라 어느 시기에도 있었던 일이다. 또한 충신을 감옥에 가두었다는 점이 의자왕이 실정했다는 근거가 되기도 한다. 그러나 조선의 역사만 살펴보더라도 임금의 심기를 건드려서 귀양을 다녀온 신하가 수두룩하다. 그러므로 성충을 옥에 가둔 일이 백제를 멸할 만큼의 실정이었다고 판단하기는 어렵다.

그런데 이 무렵, 『삼국사기』 열전 김유신 편에 처음 등장하는 인물이 있다. 바로 백제의 좌평 임자와 김유신의 첩자 조미갑(租未押)이다.

김유신의 첩자

김유신 열전에 의하면, 조미갑은 본래 부산현령(夫山縣令)이었는데, 655년 백제의 포로가 되었다. 백제가 고구려와 함께 신라의 성 33개를 빼앗은 것이 655년 초이니, 조미갑은 그때 빼앗긴 국경 지방의 현령이었다. 포로로 잡혀 있던 조미갑은 죽을힘을 다해 신라로 도망쳤다. 국경을 넘자 군사들이 그를 붙잡아 김유신에게 데려갔다.

"전장에 나가면 물러남이 없어야 하거늘, 어찌 적군이 되어 돌아왔는가?"

뼈를 때리는 듯한 호령에 조미갑을 부들부들 떨었다.

"백제군에 항복한 것이 아닙니다. 소신은 어쩔 수 없이 포로로 붙들려 있다가 목숨을 걸고 도망쳐 왔습니다. 죽더라도 고향 신라로 돌아와서 죽고 싶었습니다.”

여러 번의 문초 끝에 김유신은 조미갑을 조용히 따로 불렀다. 그리고 다시 백제로 돌아가서 임자를 만날 것을 권했다. 김유신은 조미갑의 부모를 은밀히 데려와 서라벌 안에 살 집을 구해 주었고, 조미갑은 김유신의 첩자가 되었다. 김유신은 이미 그 전부터 첩자를 여럿 두어 백제의 사정을 익혔다는 기록이 열전에 나와 있다.

조미갑은 김유신의 명대로 좌평 임자를 찾아가 그의 노비가 되었다. 임자의 신임을 얻은 뒤 바깥출입이 자유로워지자, 그는 백제의 여러 가지 소식을 들어 알게 되었다.

조미갑은 어느 날 임자에게 물었다.

“좌평 어른, 무지한 소신이 듣기로는 지금 왕께선 좌평 성충을 가장 총애하여 그의 말을 모두 듣는다고 하였습니다. 그것이 사실입니까?”

임자의 얇은 입술이 살짝 떨리는 것을 조미갑은 놓치지 않았다.

“백제 조정에 어찌 충신이 성충뿐이겠는가? 그는 사택지적과 친한 관료라서 오히려 왕의 신임을 잃게 될 걸세.

지금 조정의 신하들은 모두 군대부인과 그 왕자들 편에
서 있지."

조미갑은 머리를 조아린 후 주인을 다시 우러러보며 말
했다.

"그래서 지난번에 좌평께서 군대부인께 선물을 보내셨
군요."

임자는 조미갑이 예사로운 놈이 아님을 이미 알고 있
었다.

"좌평 홍수 역시 충신으로 존경을 받는다고 들었습니
다."

"홍수는 이번에 병합한 국경 지역을 돌아보느라 한동안
조정에 들지 않고 있네."

"계백은 또 누구이옵니까? 계백에 대해서는 그 이름만
높을 뿐 잘 아는 사람이 없었사옵니다."

임자가 조미갑을 노려보았다. 조미갑은 주인의 눈치를
아는지 모르는지 계속 물었다.

"성충과 홍수와 계백. 그 세 충신이 백제를 지킨다 하니,
이것은 또 무슨 말입니까? 소신이 무지하여 잘은 모르나

어라하와 군대부인 곁에 가까이 계신 좌평 어른이야말로 조정의 실세가 아니시온지요?”

조미갑은 간사하게 사람의 마음을 움직일 줄 알았다.

“계백은 무예에 능하나 세상사에 뜻이 없는 자이다. 성충과 홍수가 어라하께 그를 천거하였으나, 계백은 권력에 홍미가 없는 자이다. 성충과 홍수는 뜻이 잘 맞는 친구요 충신으로 이름이 높지만, 이미 백제는 어라하 다음의 세상을 향해 가고 있어. 그들은 곧 잊힐 운명이야.”

조미갑이 주인의 말에 감동이라도 받은 듯 고개를 주억거렸다.

“지금 왕의 곁에서 성충이 충언한다고들 하나, 좌평께서는 그를 쉽게 견제할 수 있으시겠군요.”

얼마 후 성충은 옥에 갇혀 굶어 죽었다.

조미갑은 상단을 따라 백제를 두루 익히고 오겠다고 하여 임자의 허락을 받았다. 그 길로 서라벌로 가서 김유신을 찾아갔다. 김유신에게는 이미 국경에 심어 둔 첩자가 몇 명 있었으나, 백제 관료의 측근인 자신에 대한 기대가 크다고 조미갑은 생각했다.

김유신을 만나려면 조미갑은 늘 오금이 저렸다. 본래 김유신은 신라의 왕족이 아니라 망한 가야의 왕족이었다. 가야국 출신으로 김춘추의 매제가 되어 그를 왕위에 올리고 명실상부한 신라 최고의 권력자가 되었다.

조미갑은 지금 김유신을 세 번째 만나고 있었다. 조미갑은 자신이 보고 들은 백제의 일을 자세하게 보고했다.

"임자가 성충을 죽게 한 셈이구나."

조미갑의 보고를 들은 김유신은 보일까 말까 한 웃음을 지었다.

"홍수가 죽은 성충의 자리를 대신하고 있는데, 그 역시 성정이 성충과 비슷하여 조정의 신뢰를 받는다 하였습니다."

"그래? 그렇다면 그다음 차례는 홍수가 되어야겠구나."

김유신이 부드럽게 말하여 조미갑은 그가 더욱 두려웠다.

"또한 유념해야 할 인물이 누가 있느냐?"

조미갑은 이번에 은솔 관직을 받고 사비성 군사의 훈련을 맡은 계백에 대해 말했다.

“무예가 뛰어나나 권력에는 관심이 없는 자라 하였습니다.”

김유신은 고개를 갸우뚱하였다. 조미갑은 얼른 왕자들 간의 다툼을 보고하였다.

“융이 밀려나고 효가 태자 자리에 올랐습니다. 효와 태 형제 주변으로 신진 세력이 모이고 있어서 기존의 관리들은 불만이 많습니다.”

김유신이 고개를 주억거리며 말했다.

“왕자들의 싸움은 길고 질길수록 좋지.”

백제 곳곳의 이야기를 들은 김유신은 조미갑을 똑바로 보았다.

“가서 임자에게 전하라. ‘나라의 흥망은 알 수가 없으니, 만약 백제가 망하면 임자가 나에게 의지하고, 신라가 망하면 내가 임자에게 의지하겠소.’라고 한 뒤 그의 대답을 듣고 나에게 보고하라.”

“예? 하오면, 제가 장군님의 첩자인 줄 임자에게 알리라는 말씀이신데…….”

“임자가 백제의 충신이면 너를 죽일 것이고, 그렇지 않으면 너를 대접하리라.”

김유신은 무심히 고개를 돌리며 말했다.

“허나 임자는 성충을 죽게 하였으니, 이미 백제의 충신이기는 틀렸다.”

조미갑은 다시 백제로 돌아가서 임자 앞에 엎드렸다. 임자는 오랫동안 집을 떠나서 돌아오지 않았던 조미갑을 꾸짖었다. 그러자 조미갑이 머리를 조아리며 말했다.

“소인이 온전히 백제의 백성이 되려면 백제의 풍속을 널리 알아야겠기에 돌아다니다 보니 이리 늦었습니다. 하오나 개나 말이 주인을 그리워하듯 좌평 댁이 그리워 돌아왔나이다. 제 죄를 물으신다면 처분대로 따르겠습니다.”

임자는 조미갑을 바라보더니 더 묻지 않고 그만 물러가라고만 하였다. 조미갑은 며칠 후에 다시 임자 앞에 엎드려 말했다.

“며칠 전에는 제 죄가 두려워서 다 고하지 못하였습니다. 실은 저번에 신라에 가서 김유신 장군을 만나고 왔습니다.”

임자의 눈이 휘둥그레지고 목소리가 떨렸다.

"기, 김유신?"

"예."

임자의 숨소리가 거칠어지고 자세를 고쳐 앉으며 당황해하는 기색이 역력했다. 조미갑은 잠시 기다렸다가 조심스럽게 고했다.

"김유신이 저를 타일러 이르기를, 좌평 어른께 말씀을 전해 달라고 하였습니다."

"김유신이, 나를 알고 있단 말이냐?"

"백제의 조정에서 막강한 힘을 가지신 좌평 어른을 어찌 김유신이 모르겠사옵니까? 김유신이 이르기를……."

조미갑은 임자의 눈치를 살핀 후 그의 눈길을 피한 채 말하였다.

"나라의 흥망이 어찌 될지 모르니, 만일 신라가 망하면 김유신이 좌평 어른께 의지하고, 백제가 망하면 좌평께서 김유신에게 의지하는 것이 어떠하오?'라고 하였나이다."

임자의 숨소리가 멎은 듯했다. 조미갑은 두려워 고개를 들지 못했다. 임자는 한동안 말이 없더니 조미갑에게 물러가라고 일렀다.

그리고 한참 시일이 흐른 후 임자가 조미갑을 불러 말했다.

"김유신이 전한 말을 내가 다 알아들었으니, 돌아가서 김유신에게 그리 하라고 전하라."

조미갑은 그 길로 신라로 가서 김유신에게 임자의 말을 전하였다. 아울러 백제의 지형과 군사, 조정의 대신들에 대해서까지 자세히 전하였다. 김유신은 혼잣말처럼 중얼거렸다.

"백제를 병합할 날이 다가오고 있구나."

김유신은 고구려와 연합하여 신라의 성들을 빼앗는 백제를 더 이상 두고 볼 수 없었다. 『삼국사기』 열전 김유신 편에 의하면, 그는 왕에게 '백성을 위하여 백제를 징벌하자.'라고 고했다. 그 후 김유신 열전의 내용은 모두 첩자 조미갑에 관한 것이다.

김유신은 조미갑이 충성스럽고 정직하여 쓸 만함을 알아차리

고는 곧 말하길, "나는 좌평 임자가 백제의 국사를 전담한다고 들었다. 그와 함께 일을 도모하고자 생각하였으나 아직 기회가 없었다. 자네가 나를 위해 다시 돌아가서 이를 전해 주게."라고 하였다. 조미갑이 답하여 말하길, "공께서 저를 어리석다 하지 않으시고 저에게 일을 맡기시니, 비록 죽는다 한들 후회는 없습니다."라고 하였다.

- 『삼국사기』 열전 김유신 -

656년부터 660년 이전까지, 조미갑이 김유신의 명을 받고 백제 좌평 임자 사이를 오간 이야기가 열전에 자세히 나와 있다. 백제와 고구려에 크게 당한 후, 김유신은 무력 충돌은 하지 않고 첩자술에 공을 들였다. 백제와 신라의 잦은 싸움으로 국경 지방 백성은 신라의 백성이었다가 백제 백성이 되는 경우가 많았다. 그리하여 국경을 오가는 첩자술 쓰기가 가능했고, 김유신은 첩자를 여럿 심어서 백제의 정세를 파악한 것으로 보인다.

조미갑은 김유신의 여러 첩자 중에서도 백제 고위 간부 내부까지 침투한 고정간첩이었다. 김유신의 첩자술을 연구한 한 사학자는, 김유신이『손자병법』제13편인 '용간'의 핵심 사상과 내용을 충실히 실행한 것으로 보았다.『손자병법』용간 편에는, "공격하고자 하는 군대와 공격하고자 하는 성, 그리고 죽이고자 하는 사람이 있으면, 반드시 먼저 그 장수, 좌우 측근, 조언자, 성문 감시자, 집사 등의 이름을 알아 두고 우리 간첩에게 이들을 살피도록 한다."라고 되어 있다.

삼국 통일의 주역인 김유신을 두고 전투에 나가서 백전백승을 이룬 장군이라고 평하기도 하는데, 이는 사실과 다르다. 김유신이 백제의 많은 성을 빼앗은 것은 사실이나, 이 성들은 그 전에 의자왕에게 빼앗겼다가 회복한 경우가 많았다. 655년 신라는 백제에 많은 성을 빼앗겼지만 김유신 열전에 그런 기록은 없고, 빼앗긴 성 하나를 회복한 것을 전공으로 기록한 점만 보아도 알 수 있다.

오히려 김유신은 누구보다 첩자술을 잘 쓴 장군이었다. 전장에 나가 적의 목을 베서 이기는 것보다 첩자를 잘 활용하여 이기는 전술이 훨씬 경제적이다. 특히 힘으로 상대를 제압하기 힘들 때 사람을 이용하는 전법을 써야 하는데, 김유신은 그 전법에 능하였다.

황산벌에서도 김유신은 오만의 대군을 거느리고 나가 계백의 오천 군사를 맞아 네 번을 연이어 패하였다. 그때 김유신이 어린 화랑을 제물로 바쳐 전쟁을 반전으로 이끌었다. 관창의 죽음 앞에 군사들의 피가 끓어올랐고 결국 김유신은 승리하였다.

조미갑을 이용하여 백제의 좌평까지 자기편으로 만든 김유신의 첩자 전술, 그것이 삼국 통일을 이끈 김유신의 첫 번째 전술이라 하겠다.

3장

황산벌 전투

폭풍 전야

계백은 죽은 성충의 유언과 좌평 홍수의 청을 거절하지 못해 임시로 왕궁 병사의 훈련을 맡았다. 왕은 계백이 그 직을 수행할 수 있도록 은솔의 관직을 내리고, 함께 훈련을 맡은 계백의 무사들에게도 나솔의 관직을 내렸다. 은솔은 달솔 아래의 고위 직급으로 왕족이 많았으며, 나솔 역시 세력이 있는 군사의 우두머리에게 주는 관직이었다. 왕족과 유명 귀족이 아니면 받기 어려운 높은 관직을 무사들에게 주어 그들의 사기를 북돋우려 하였다.

"관직이 주는 사사로운 것들에 얽매이지 말고 오직 군사들의 훈련에만 힘쓰라."

계백은 무사들이 명예욕에 빠지지 않도록 독려하였다.

계백과 무사들은 스승에게서 몸을 단련하는 신술을 바탕으로, 검술과 궁술 위주로 익혔다. 왕족 출신이었던 스승은 백제의 무예를 귀족 무사들에게 전수하여 백제의 정신을 이어 가도록 하였다. 그러나 계백은 군사의 개인 능력을 향상하는 훈련뿐만 아니라 집단의 힘을 기르는 훈련에도 매진했다.

나당의 대군에 맞설 날을 대비해야 한다던 성충의 충고를 계백은 잊지 않았다. 그는 일반적인 무술 훈련과 함께 전시에 가장 중요한 보병의 기량을 향상하는 훈련을 체계적으로 강화해 나갔다.

"전쟁이 나면 무거운 무기를 들고 험한 산을 움직여야 한다. 그러므로 보병의 보행 능력이 전투력의 기본이 된다. 또한 보병은 집단으로 움직이기 때문에 서로를 내 몸처럼 아껴야 한다."

계백은 보병의 체력 단련부터 시작하여 창과 방패를 사용하는 훈련, 장거리에서의 궁술, 밀착하여 싸우는 검과 도의 기술을 훈련하였다. 또한 집단이 움직이는 진형(陣形) 훈련을 통해 전술과 전법도 가르쳤다. 군사들은 계백을 믿고 따랐으며, 계백은 군사 하나하나를 세심하게 살피면서도 전체의 단속을 엄정히 하였다. 계백이 훈련대장을 맡은 4년 동안 군사들의 기량은 몰라보게 향상되었다. 다행히 몇 년 동안 큰 전투는 일어나지 않았다.

그러나 659년, 봄부터 사비성 내에 흉흉한 소문이 돌고 있었다. 여우 떼가 궁궐 안에 들어와 제멋대로 돌아다녔는데, 그중 희고 큰 우두머리 여우가 좌평의 탁자에 앉았다는 이야기였다. 여우가 높은 관리의 책상에 앉았으니, 국가의 기강이 무너지는 일이 생길 것이라고 수군거렸다.

얼마 지나지 않아서는 궁궐 안에서 암탉과 참새가 교미하였다는 소문이 돌았다. 계백은 부하들을 단속했다.

"발원지가 분명하지 않은 소문에는 필시 저의가 있는 법이다. 또한 괴이한 소문은 신뢰할 수 없으니 입에 올리지 말라."

그해에 안으로는 사비성 내에서 괴상한 소문이 돌고 밖으로는 전쟁 없이 긴장된 상태가 유지되고 있었다. 국경 지방에서 백성 간 사소한 싸움이 성 안팎의 싸움으로 번

질 뻔한 일이 두어 번 있었다. 계백이 군사를 이끌고 가서 국경의 갈등을 진정시켰다.

그러던 중 계백이 왕의 부름을 받았다.

"군사의 훈련은 어떠한가?"

왕은 계백을 믿음직스럽게 보았다.

"군사들이 성실하고 자질이 훌륭하여 불평 없이 훈련하고 있나이다."

왕은 백제 최고의 무인인 계백에게 왕궁의 군사 훈련을 맡긴 것이 자랑스러웠다. 그리고 이제 그 시험의 때가 왔다.

"태자와 왕자들이 독산성과 동잠성을 칠 것이니, 은솔 계백이 은솔 흑치상지와 함께 군사를 이끌고 출전하라!"

계백은 올 것이 왔다는 생각이 들었다. 왕이 반드시 시험할 때가 있으리라 짐작하고 있었다. 그러나 왕자들을 호위하여 신라의 성을 치는 것은 부담이 컸다.

"태자는 전투 경험이 있으나 왕자들은 첫 출전이니 자네가 잘 호위하게."

독산성과 동잠성은 일찍이 의자왕이 직접 출전하여 빼

앗은 성인데, 그 후 김유신이 다시 회복한 상태였다.

명을 받고 나오니 홍수가 달려왔다.

"성안에서 적을 막아 내는 것과 견고하게 문이 닫힌 성을 공격하는 것과는 하늘과 땅 차이네."

"신이 병법을 익혔는데 어찌 그것을 모르겠습니까?"

"이번 전투는 두 성을 빼앗기보다 적을 흔들어 놓는 것이 목적이네. 그러니 무리하여 성을 탈환하려 하지 말고 아군이 피해를 보지 않는 선에서 적에게 타격만 입히고 돌아오게."

무엇보다 왕자들의 안전이 중요하니 무리하지 말라는 뜻이었다.

태자와 왕자들을 호위해 사비에서 출발하여 새벽에 독산성 밖에 닿았다. 계백은 전령을 보내 성안의 상황을 살피게 했다. 태자가 공격을 재촉했다.

"새벽에 도착한 이유가 무엇인가? 적들이 눈치채기 전에 기습공격을 해야지."

그러나 계백이 살펴보니 성내에 일찍부터 연기가 여기저기서 올라오고 있었다. 성을 지키는 군사는 별로 보이지 않으나 성안은 바삐 움직이는 기미가 보였다. 성문에 꽂힌 화려한 깃발들을 본 계백은 성 밖의 마구간을 살펴 보게 했다.

"말들이 마구간에 가득합니다. 치장한 말들을 돌보는 군사도 있었습니다."

보고를 들은 계백은 태자를 만류했다.

"분명 성내에 귀한 손님들이 왔을 겁니다. 서라벌의 관리나 주의 총관이 방문한 것이 틀림없습니다. 성 밖에는 군사가 없는 듯하나 성내에는 오히려 다른 때보다 군사가 더 많을 것이니, 때를 기다려야 합니다."

왕자들은 계백의 말을 무시하려 했으나, 태자는 계백이 보통의 장수가 아님을 알고 있었다.

"은솔의 말에 일리가 있으니, 성의 동태를 좀 더 살펴 보자."

군사들이 숲에 숨어 주먹밥으로 끼니를 때우고 있을 때, 성내에서는 밥 짓는 연기가 모락모락 올라오고 기름 진 냄새가 은근히 퍼져 나왔다. 그리고 해가 높이 떠올랐 을 때 성문이 활짝 열렸다.

금박 장식을 한 말을 탄 장수들이 성문에서 나왔다. 화려한 깃발을 높이 든 부하들이 호위하는 것을 보니 서라벌에서 온 지체 높은 관리들 같았다. 장수들 뒤로 따르는 군사가 제법 많았다.

"중앙의 관리들이 왔다가 돌아가나 봅니다. 저들이 멀리 간 후에 기습공격해야 합니다. 인근의 신라 성에서 지원군이 오려고 해도 해가 저물어 오지 못할 시간이 좋습니다."

오후가 되었을 때 백제군은 공격했다. 계백이 선두에 서고 그의 무사들이 뒤를 따랐다.

"성 위에서 화살을 쏘기 전에 문을 하나 뚫는다. 적들이 활을 쏘기 시작하면 즉시 후퇴하라!"

계백의 예상은 적중했다. 중앙 관리를 접대하느라 정성을 쏟은 성내 사람들은 지쳐 있었고, 백제군은 일시에 덤벼 성문 하나를 뚫었다.

흑치상지는 말을 타고 달려 나가서 혼자 적군 대여섯을 상대하는 데 거침이 없었다. 기마병이 뚫은 길을 따라 훈련된 보병들이 달려갔다. 신라군은 대항하려 했으나 백제군의 재빠른 공격을 당해 내지 못했다. 군사들이 용맹하게 대적하는 사이, 태자가 수하들을 이끌고 성문에 올라가 백제의 깃발을 꽂았다. 백제군은 일시에 성안의 신라군을 제압했다.

"흑치상지는 먼저 동잠성으로 가서 상황을 살피고 길을 여시오."

계백은 계획대로 흑치상지를 먼저 동잠성으로 보냈다.

"성안의 신라 놈을 살려 두지 마라!"

승전의 기세를 탄 왕자들이 말을 타고 성내를 내달렸다.

"왕자님, 아니 되옵니다. 저들을 살려 우리 백성으로 만들어야 합니다."

계백의 만류에도 왕자들은 신라군을 닥치는 대로 베었다. 태자가 달려와 계백에게 말했다.

"독산성은 우리가 기세를 잡았으니, 장군은 동잠성으로 가서 흑치상지를 도우시오."

"태자마마! 적을 죽이는 데 힘을 소진하지 마시고, 적을 살려 우리 군사로 만들어야 합니다."

“알았으니 동잠성으로 출전하시오.”

계백은 독산성의 상황을 적어 사비로 전령을 보낸 뒤 동잠성으로 향했다.

동잠성의 성문은 굳게 닫혀 있었고 군사들의 움직임은 보이지 않았다. 흑치상지의 군대는 일차전에서 승리한 뒤 힘을 아끼고 있었다.

“적이 성문을 열지 않으니 후퇴하는 척하다가 야밤을 노리는 것이 좋겠소.”

계백은 성문마다 전령을 보내 상황을 자세히 살피게 했다. 훈련된 백제군은 재빠르게 각 성문의 상황을 살폈다.

“장군, 성벽이 낮아서 오르기 쉬운 쪽을 공략해야 승산이 있습니다!”

흑치상지의 말에 계백은 고개를 저었다.

“아니오. 적들은 지세가 험한 쪽은 우리가 덤비지 못하리라 여기고 오히려 방심할 것이오. 우리는 가장 높고 험한 성문을 공략해야 하오.”

백제군은 깃발을 높이 들고 퇴각하는 척하며 숲속 깊이 들어가 몸을 숨겼다.

숲이 어둠에 묻혔을 때 백제군은 성을 기어오르기 시작했다. 적이 돌아간 줄 알고 방심한 동잠성은 순식간에 무너졌다. 그러나 성내에서 신라군이 격렬하게 저항하여 싸움은 쉽게 끝나지 않았다.

백제군은 하루를 더 싸워서 성을 점령했다. 계백은 두고 온 독산성이 걱정되었다.

"흑치상지, 장군이 이곳을 평정하시오. 나는 태자마마께 가 보겠소."

계백은 태자와 왕자들이 지키고 있는 독산성으로 군사를 돌렸다. 그런데 독산성에 닿기 전에 전령이 달려왔다.

"장군, 성내의 신라인들이 힘을 합쳐서 백제군을 몰아냈다고 합니다."

"뭣이?"

계백은 태자와 왕자들에게 성을 맡긴 자신을 탓하였다. 성문 앞에 닿으니 태자는 기가 죽지 않고 큰소리쳤다.

"성내에 신라군의 수가 얼마 되지 않으니, 야밤을 틈타 들어가면 승산이 있소."

계백은 성 주변을 돌아본 후 태자에게 무겁게 말했다.

"태자마마, 저들은 성 밖에 백제군이 있는 줄 알고 있으니 경계를 소홀히 하지 않을 겁니다. 게다가 우리 군사는 며칠째 전투를 연달아 하였고, 성에서 식량도 가지고 나오지 못하였으니 더 이상 버티기 어렵습니다. 적에게 충분한 타격을 주었으니 여기서 물러나야 합니다."

"듣기 싫네! 내가 꼭 성을 회복할 것이네!"

백제군은 성의 움직임을 살폈다. 성은 불안하도록 조용하기만 했다. 지원군이 오는 기척도 없었다.

그때 비단옷을 입은 한 사내가 태자를 찾아왔다.

"태자마마, 저는 성내에 사는 백성인데 원래는 백제인이었습니다. 무도한 신라인들이 성을 차지한 후 원수를 갚고 싶었는데, 오늘이 그날인 듯합니다. 제가 성내로 가는 길을 안내하겠습니다."

그 말에 낙담했던 왕자들의 낯빛이 밝아졌다.

"잘 되었소. 이자를 앞세워 성으로 들어갑시다."

계백이 태자에게 가만히 말했다.

"태자마마, 믿을 수 없는 자입니다. 성에서 멀리 물러나 있는 아군의 위치를 정확히 알고 찾아온 것부터 이상

합니다.”

태자는 계백의 말을 듣고 머뭇거렸다. 사내는 왕자들을 재촉했다. 태자도 사내가 의심스러운 듯 말했다.

“우리는 야심하기를 기다렸다가 진입할 것이다. 그때까지 너도 여기 있어라.”

사내의 표정이 불안하게 흔들렸으나 곧 차분하게 말했다.

“알겠습니다. 저와 같은 편이 기다리고 있으니 그들에게 기별하고 오겠나이다.”

사내는 말에 올라서 달리기 시작했다. 그런데 사내의 말은 독산성을 향하는 것이 아니라 사비 쪽으로 가고 있었다. 분명 이상했다.

“저자를 잡아 오라.”

부하가 계백의 명을 듣고 말을 내달렸다. 계백은 높은 곳에 올라 그들의 움직임을 살폈다. 뒤에서 따라오는 군사가 있음을 확인한 사내가 더욱 급히 도망쳤다.

계백은 활에 화살을 걸었다. 도망가는 적의 뒤통수를 치는 것은 비겁한 짓이나, 저놈 하나에 많은 목숨이 달렸다. 계백은 화살을 날렸다.

화살이 날아가 사내의 목을 꿰뚫었다. 말이 앞발을 쳐들며 울부짖고 사내는 말에서 떨어져 절명하였다. 사내는 조미갑이었다. 김유신과 임자 사이를 오가던 첩자 조미갑은 그렇게 생을 마쳤다.

동잠성을 평정한 후 흑치상지가 독산성으로 왔다. 독산성 앞에서 기습을 노리던 백제군은 이미 지쳐 있었다. 계백이 보낸 전령에게서 소식을 들은 흥수가 급히 동잠성으로 달려왔다. 흥수는 태자와 왕자들의 안전을 먼저 살핀 후 계백을 나무랐다.

"적에게 이만한 타격을 준 것으로 만족하고 물러났어야 했네!"

태자에게 할 충고를 계백에게 돌려서 하는 말이었다. 태자와 왕자들은 그럼에도 흑치상지의 군대와 함께 독산성을 쳐야 한다고 고집했다.

"아니 됩니다. 군사가 지치고 군량미가 떨어졌으니 돌아가야 합니다."

흥수가 왕명임을 강조하여 태자는 비로소 군대를 철수

하기로 했다.

궁으로 돌아가서 왕에게 보고하며, 좌평 흥수는 왕자들의 행동을 비판했다. 그러자 이에 앙심을 품은 왕자들이 흥수를 모함했다.

"흥수는 성충이 죽은 후부터 왕에게 불만이 많았습니다. 사사건건 왕과 태자의 뜻에 반대하고 있으니 그 죄를 엄중하게 다스려야 합니다."

의자왕은 왕자들의 말을 듣고 흥수를 고마미지 현(지금의 전남 장흥)으로 유배 보냈다. 그리고 계백과 흑치상지에게는 달솔 관직을 내렸다. 달솔은 좌평 다음의 관직이니 백제의 16관등 중 두 번째로 높은 관직이었다.

한동안 독산성도 동잠성도 조용하였다. 폭풍 전야와도 같은 침묵이 국경의 성들을 휩싸고 있었다.

『삼국사기』에서 656년부터 660년 사이에는 백제와 신라가 전쟁한 기록이 거의 없다. 특히 의자왕 19년에는 기이한 일들이 일어났다는 기록만 있는데, 이는 모두 백제의 불운을 암시하는 내용이었다. 유일한 전투는 659년, 신라의 두 성을 공격하였다는 기록이다.

의자왕 19년(659년) 4월, 장수를 보내 신라의 독산(獨山)과 동잠(桐岑) 두 성을 침공하였다.

- 『삼국사기』 백제본기 의자왕 -

두 성의 위치는 정확하지는 않으나 대야성이 있는 압독주 근처로 추정한다. 당시 압독주의 총관은 김인문이었다. 백제의 이 공격은 신라본기 659년 기록에도 남아 있다.

태종무열왕 6년(659년) 여름 4월에 백제가 자주 변경을 침범하므로 왕이 장차 백제를 치려고 당(唐)나라에 사신을 보내 군사를 요청하였다.

이때 당나라로 간 사신이 바로 김인문이다. 김인문은 김춘추의 둘째 아들이자 훗날 문무왕이 되는 태자 법민의 동생이다. 당에서는 김인문을 좋아하여, 인문은 7차례

나 당을 드나들었다. 당에서 좌령군위장군의 벼슬을 받아 지내던 김인문은 653년 귀국하여 압독주 총관이 되었다. 압독주(지금의 경북 경산 일대)는 김유신이 백제로부터 회복한 대야성 가까이에 있는 군사적 요충지였다.

『삼국사기』 열전 김인문 편에 보면, 659년 백제가 신라의 두 성을 공격하자 김인문은 청병사로 다시 당에 들어갔다. 이때부터 김인문은 나당연합군의 작전을 수행하여 660년, 당군과 함께 덕물도로 들어왔다.

13만 대군 기벌포에 내리다

당나라 고종은 백제를 치기 위해 소정방을 신구도행군 총관으로 봉하고, 김인문을 불러 신라와 백제의 상황을 소상히 물었다.

"13만 명이 1,900척의 배로 백제까지 대이동을 하자면 보급 물자를 배에 싣고 가기 쉽지 않을 텐데, 신라에서 좋은 방법이 있는가?"

김인문은 고개를 숙이고 김유신과 의논한 대로 대답했다.

"당군이 신라의 서쪽 섬 덕물도(지금의 인천 덕적도)에 닿으면 그때부터는 모든 식량과 보급품을 우리 신라가 조달하겠습니다. 태자가 미리 나와 당군을 맞고, 덕물도에서는 상대등 김유신이 총관님을 맞을 것입니다.”

13만 명의 하루치 식량만 해도 어마어마한 양이었다. 당 고종은 흡족한 듯 고개를 끄덕이며 김인문을 소정방의 부총관으로 삼아 출격을 명했다.

660년 6월 21일, 당나라의 배 1,900척이 덕물도로 들어왔다. 김춘추는 태자인 김법민을 시켜 배 100척을 거느리고 나가서 소정방을 맞게 했다. 그리고 김유신과 소정방이 덕물도에서 마주 앉았다.

“먼 길 오시느라 노고가 많으셨습니다, 도총관.”

김유신이 고개를 숙이자 소정방은 피로한 기색을 보이며 말했다.

“덕물도까지 오는 동안 가져온 양식은 바닥났으니, 이제부터 13만 명을 신라에서 잘 먹이고 보살펴 주시오.”

“신라를 도우러 와 주셨는데 당연히 신라가 조달해야지요.”

“신라군의 배 100척이 왔던데, 덕물도를 떠나 백제에 도착하면 그 배가 우리 당군의 보급품을 감당할 것이오?”

“아닙니다. 보급품은 육로를 통해 조달할 것이며, 그 배

100척에는 당군을 도울 물건이 들어 있습니다.”

소정방은 고개를 갸우뚱했다.

“듣자 하니 백강 하류가 길고 백제의 바다는 갯벌이 넓다고 하던데, 어디로 상륙하는 것이 좋겠소?”

유신은 지도를 펼쳐 놓고 자신 있게 한 곳을 가리켰다.

“백제의 병법가들은 하나같이 말하기를, 수군은 기벌포에서 막아 내야 하고 육로는 탄현을 넘지 못하게 해야 백제의 승산이 있다고 한답니다. 그러니 당나라 수군은 기벌포에 상륙하고 신라군은 탄현을 넘어 황산벌에서 백제군과 대적해야 승리할 수 있습니다.”

소정방은 그제야 유신을 똑바로 보며 흡족한 웃음을 보였다.

사비성에 새벽이 밝아 오고 있었다. 궁으로 들어서는 대신들은 미명의 어둠 속에 웅크린 백제의 불안한 운명을 느끼고 있었다.

뜬눈으로 밤을 새운 의자는 새벽녘에 고마미지 현에 유배 가 있는 흥수에게 서신을 보내 계책을 물었다. 또한 일본에 가 있는 왕자 풍으로 하여금 지원군을 데리고 오도록 승려 도침을 보냈다. 그런 후에 대신들이 모인 정전에 들었다.

"당나라 대군이 백강 하류로 침공할 것이 분명합니다. 저들은 사비로 가장 빨리 향할 수 있는 해안을 통해 올 것입니다."

좌평들의 일치된 의견이었다.

"13만 대군을 어찌 감당합니까? 당장 인근에서 기벌포로 모을 수 있는 군사는 2만 명 남짓 될 것입니다."

임자의 말에 의직이 부릅뜬 눈에 힘을 주며 말했다.

"13만이 모두 주력 부대는 아니오. 수만 명이 움직이려면 군수물자를 이동하는 것부터 비롯해 동원되는 인원이 더 많은 법이오. 당군이 수적으로 월등하게 우세하지만, 우리가 못 막을 이유는 없소."

불안해하는 대신들 앞에 의직은 자신 있게 지도를 펼쳐 놓고 말했다.

"기벌포는 갯벌이 넓어서 군사들이 배에서 내려 걸어 나오기 힘든 곳입니다. 저들이 배에서 내려 갯벌에 빠져

당황하기 시작할 때 총공격하여, 미처 육지에 닿기 전에 기세를 꺾어 놓는다면 승산이 있습니다.”

임자의 추천으로 좌평 자리에 오른 상영이 고개를 저었다.

“저들이 배에 있을 때는 멀어서 활로 공격해도 화살이 닿지 않습니다. 갯벌에 우리가 진을 쳐도 군사들이 갯벌에 들어가기 어려우니, 차라리 저들이 육지 가까이 올라왔을 때 협공하는 작전을 펼쳐야 합니다.”

의직의 말도 상영의 말도 일리가 있었다. 왕은 다른 대신들의 의견을 물었으나 한가지로 뜻을 모으지 못했다. 왕은 고통스러운 듯 큰 숨을 내쉬고 말했다.

“또한 김유신이 5만의 대군을 이끌고 육로로 오고 있으니 이를 어찌 막아야 하오?”

의직이 성충의 이름을 언급하며 말했다.

“탄현은 산으로 둘러싸여 적들이 빠져나가기 어려운 요새와 같으니, 성충의 말대로 탄현을 넘지 못하도록 막아야 합니다.”

상영이 고개를 저으며 말했다.

“하오나 산세가 험하면 우리 군사들도 싸우기 어렵지 않겠습니까? 차라리 탄현을 지나 평지로 나올 때 사방에서 일시에 협공하는 작전을 써야 합니다.”

몇몇 신하가 상영의 말에 고개를 끄덕였다.

“누가 김유신의 군대를 막겠소?”

아무도 선뜻 대답하지 않았다. 의직이 고했다.

“어라하, 달솔 계백이 신라의 성을 공격하고 왕자님들의 목숨도 구하였습니다. 계백을 믿어 보소서.”

좌평들이 모두 끝자리에 앉아 있는 계백을 보았다. 왕이 다시 물었다.

“사비성을 지키는 군사 1만 명과 성내의 5천 명을 보태어 군사를 주면 되겠소?”

좌평 임자가 깜짝 놀라며 말했다.

“어라하! 결코 당의 대군을 전멸시킬 수 없을 터, 분명히 사비성으로 쳐들어올 것입니다. 1만 명은 사비를 지키게 두어야 합니다.”

좌평들이 서로 얼굴을 마주 보았다. 불안한 침묵을 깨고 말석에 앉아 있던 계백이 낮게 고했다.

“어라하! 신이 군사 5천을 이끌고 신라군과 맞서겠나
이다.”

의자는 각 지방의 방령들에게 명을 내려 군사들을 최대
한 모아 오라고 이르되, 웅진만은 성을 굳건히 지키라고
당부했다. 만약 전투에서 진다면, 사비와 웅진의 성문을
굳건히 닫고 식량이 떨어진 당군이 돌아가기를 기다리는
작전을 써야 한다. 사비와 함께 웅진성은 지형상 철옹성
이기 때문에, 최후의 보루로 남겨 두어야 했다.

홍수에게서 답신이 왔다.

‘어라하! 큰 죄를 지은 저를 잊지 않고 찾아 주시니 은혜
가 하해와 같사옵니다. 저의 대책 역시 성충과 같습니다.
수군은 기벌포에서 막아 내야 하며, 육로는 탄현을 벗어
나면 불리합니다. 실로 대군이 공격해 오지만 지혜를 모
으고 합심하면 물리칠 수 있습니다. 기벌포와 탄현에서
밀릴 때는 사비성을 굳게 지키면 막을 수 있습니다. 사비
성이 어려울 때는 웅진성에서 배수진을 친다면 쉽게 무너
지지 않을 것입니다.

의직으로 하여금 기벌포를 막게 하고, 계백으로 하여금

탄현을 막게 하소서. 처음부터 승산이 없는 싸움은 없습니다. 또한 용서하신다면, 불충한 소신 역시 칼을 들고 기벌포에 가서 죽겠나이다.’

반백의 머리를 한 의직은 홍수의 편지를 읽고, 눈물이 도는 눈을 부릅뜨고 울분을 토했다.

“어라하! 성충과 홍수가 지금 이곳에 있다면 갑론을박을 일삼지 않고 바로 군사를 몰아 적을 단숨에 제압할 것입니다.”

왕은 홍수를 방면하여 기벌포로 부르라고 했다. 의직과 윤충, 복신과 홍수가 왕의 명을 받고 기벌포로 향했다.

기벌포 어귀에 당나라의 배가 밀고 들어왔다.

수평선이 보이지 않을 정도로 수많은 배가 대형을 갖추고 신속하게 다가왔다. 의직을 비롯한 백제의 장수들은 백강 하구에 배를 정박시키고 뭍에서 적들의 배를 기다렸다.

“1,900척이라더니, 실로 어마어마하군.”

“기벌포의 해안은 굴곡이 심하고 갯벌이 넓습니다. 저

들은 분명 배를 대고 육지에 상륙하는 동선이 가장 짧은 곳을 택할 것입니다."

의직과 장수들은 기벌포의 지형을 확인한 후 당군이 상륙할 만한 곳으로 군사를 이동시켰다.

"그러나 저들이 의외의 곳에 상륙할 수도 있으니 움직임을 주시하시오."

"저들은 넓고 긴 기벌포의 갯벌에 내리면 무기와 보급품을 옮기는 데 어려움을 겪을 것이 틀림없습니다. 우리는 그 틈을 노려 저들이 육지에 진지를 구축하기 전에 타격해야 합니다."

무수한 전투에서 공헌을 세운 윤충도 당나라 대군을 보고 긴장한 빛이 역력했다.

소정방은 김인문에게 상륙할 해안선을 물었다.

"기벌포의 갯벌이 넓어서 상륙하기 힘들다 하니 어느 곳으로 상륙해야 하오?"

김인문은 지도에서 해안선의 한 곳을 짚었다.

"해안선이 크게 굽어 있는데, 저들은 우리가 육지와의 거리가 가까운 곳으로 상륙할 것으로 보고 대비할 것입

니다. 허나 우리는 이쪽, 넓은 갯벌로 바로 내려가야 합
니다."

소정방이 양미간을 신경질적으로 찡그렸다.

"그 넓은 갯벌 위를 우리 대군이 다 건너갈 수 있겠소?"

김인문은 의미심장한 미소를 띠고 말했다.

"상대등께서 신라의 배 100척에 갯벌을 건너갈 수 있는
수단을 준비해 주셨지요. 신라의 대아찬 양도 장군은 수
군 전문 지휘관으로, 넓은 갯벌을 지날 수 있는 필살기를
준비해 왔습니다."

"필살기라니? 멀리서 적을 쫓을 수 있는 무기라도 있
소?"

김인문이 신호를 보내자, 신라의 배 100척이 앞으로 나
와 배가 들어갈 수 있는 해안 가까이로 최대한 다가갔다.
대아찬 양도의 배가 앞장서 나가다가 멈추어 섰다.

"배에서 내려라!"

명령이 떨어지자, 군사들이 배에서 긴 사다리를 놓고
물에 내렸다. 그리고 둘둘 말린 거대한 돗자리를 배에서
내렸다.

“왕버들 돗자리를 갯벌에 펼쳐라!”

군사들이 둥글게 말린 왕버들 돗자리를 갯벌 위에 펼치기 시작했다. 버들 자리의 가장자리를 잡고 나아가는 군사들의 발은 갯벌에 빠져 허우적거렸으나, 넓은 갯벌은 왕버들 돗자리로 메워지고 있었다.

“갯벌을 메우고 있는 저것이 무엇이오?”

미덥지 않은 듯이 물어보는 소정방에게 인문이 자신 있게 말했다.

“왕버들 돗자리입니다. 왕버드나무는 잎에 물이 묻지 않으며 나무가 가벼워 운반하기도 쉽습니다. 버들 자리 위로 건너가면 갯벌에 빠지지 않고 빨리 건너갈 수가 있습니다.”

신라의 배 100척에서 왕버들 돗자리가 내려와 넓은 갯벌에 깔렸다. 물이 들어오던 검은 갯벌이 갑자기 황금빛의 마른 땅으로 변하고 있었다. 당나라 군사들이 그 돗자리 위를 밟고 건너오기 시작했다. 갯벌에 발이 빠지지 않았고 무기를 운반하다가 엎어지는 일도 없었다. 13만의 군사가 해안을 가득 메우고 움직이는 모습은 마치 누런

빛깔의 밀물이 밀려 들어오는 것 같았다.

백제의 장수들은 생각보다 빨리 당군이 갯벌을 건너오는 것을 보고 놀랐다.

"이럴 수가! 저들이 어찌 신속하게 갯벌을 빠져나왔단 말인가?"

의직의 외침에 흥수가 앞으로 나섰다. 옥에서 병이 든 흥수는 몸은 야위었으나 얼굴엔 범치 못할 위엄이 서려 있었다. 그는 수많은 전투에서 상황을 잘못 판단한 적이 없으며, 승패를 예측하는 데 어긋남이 없었다. 전투에서 실패할 우려가 있으면 물러나야 했다. 그러나 오늘 흥수는 물러설 수 없는 전투에 임했음을 알았다.

"때를 놓쳐 불리한 싸움이지만, 죽기를 각오하고 싸운다면 어찌 승산이 없으리오."

그 말이 신호가 되어 의직이 공격 명령을 내렸다. 말이 떨어지기가 무섭게 윤충이 군사들을 이끌고 말을 달려 나가며, 미처 갯벌을 다 건너지 못한 당나라 군사들을 향해 활을 쏘았다. 윤충은 말을 달려 나가다가 갯벌을 보고 깜짝 놀랐다.

저것이 무엇인가! 갯벌이 마른 땅으로 변했는가!

그것이 넓게 펼쳐진 버들 자리라는 것을 알고, 윤충은 적들의 치밀함에 두려움을 느꼈다. 그러나 윤충은 불길한 기운을 떨치고 포효를 내지르며 적을 향해 달려들었다. 미처 육지로 빠져나가지 못한 당나라 군사들은 백제군의 칼과 창에 쓰러졌다.

백제군은 적이 대열을 정비하기 전에 총공격을 감행했다. 화살을 쏘아 대자 앞에 있는 적들이 우수수 쓰러졌다. 그러나 곧이어 활을 든 적들이 선 채로 전진해 왔다. 밀려오는 당군의 힘에 눌려 백제군은 점점 뒤로 밀렸다. 윤충은 서둘러 군사들을 후퇴시켰다.

홍수가 군사를 이끌고 달려와 윤충에게 말했다.

"내가 갯벌에서 시간을 벌 테니, 의직과 함께 후퇴해 갯벌에서 올라오는 적들을 치시게!"

홍수의 군사들이 당군에 맞섰다. 군사들은 용감하게 나가 싸웠으나 밀려드는 당군을 감당할 수 없었다.

홍수의 군사가 전멸하며 시간을 버는 동안, 의직과 윤충은 남은 군사를 이끌고 지대가 높은 곳으로 후퇴했다.

그러나 지형을 이용한 대책을 세우기 전에 적들이 밀고 들어왔다. 윤충이 앞장서서 당군을 맞았다. 좌우 장수들의 호위를 받으며 신라 장군 하나가 손을 들고 앞으로 나섰다. 그가 큰소리로 외쳤다.

"홍수가 내 칼에 죽었다. 군사들의 목숨을 살리고 싶으면 그만 항복하라!"

윤충은 붉어지는 두 눈에 힘을 불끈 주고 의직을 보았다.

"장군, 장군은 사비로 돌아가서 어라하를 보필하시오!"

윤충이 의직에게 말한 후 군사를 이끌고 달려 나갔다. 그는 혼자서 수십 명의 군사를 헤치고 나가며 칼을 휘둘렀다. 누군가가 윤충이 탄 말을 베었다. 윤충은 말에서 뛰어내려 적과 맞섰다. 백제군은 점점 강가로 밀려났다.

"백제의 군사들이여! 백제의 땅을 사수하라!"

수적으로 우월한 적을 당해 내지 못하고 있는 백제군에게 그는 마지막으로 외쳤다. 그리고 두 손에 칼을 들고 크게 호령하며 적군 속으로 달려들었다. 날아온 화살이 그에게 박혔다. 화살을 맞고도 칼을 휘두르는 그의 몸을 날아온 창이 꿰뚫었다.

사비로 향하려던 의직도 당군을 향해 달려들었다. 평생을 전장에서 살아온 그였다.

순결한 백제인을 낳고 기른 저 갯벌이 오랑캐의 발 아래 짓밟히는 것을 보게 될 줄이야!

수많은 화살을 맞은 채 의직은 뚜벅뚜벅 나아가다 쓰러졌다. 당군은 백제군의 시신을 밟고 사비로 향했다.

소정방과 김인문 등은 바다를 따라 기벌포(伎伐浦)에 들어왔으나 해안의 진창에 빠져 움직이지 못하였다. 이에 버드나무로 엮은 깔개를 펴 군사들을 나아가게 하였다. 당나라와 신라는 함께 백제를 공격하여 멸망시켰다.

- 『삼국사기』 열전 김유신 -

신라, 탄현을 넘다

계백은 천등산에서 무사들 앞에 섰다. 그들 중에는 이십여 년 전 계백이 계룡산으로 들어갈 때부터 함께 무예를 닦은 오랜 벗들도 있었다.

"이제 나라의 부름을 받고 출전하려 하니 명예를 위함도 실리를 위함도 아니다. 이는 나라의 백성으로서 마땅히 나서야 할 도리이다. 하늘과 땅의 정의가 그대들 편에 있으니, 모두 결사 항전하라!"

계백의 음성은 떨리고 있었지만, 전장에 대한 두려움은 없었다. 오랜 세월 한 몸으로 지내 온 벗들의 운명이 눈에 보이는 듯했다. 어찌할 수 없는 백제의 운명, 숭고한 땅과 하늘의 뜻이 정녕 이것이란 말인가.

"이만의 군사가 기벌포로 향했다. 우리는 사비의 군사를 이끌고 탄현으로 향한다. 각자 가족에게 마지막 인사를 하고 성으로 오라."

계백도 집으로 갔다. 대문이 열려 있고 비복들은 보이지 않았다. 늙은 종이 나와 땅에 주저앉으며 울었다.

"달솔 어른! 속히 마님을 말려 주십시오. 종들을 내보내고 마님께서, 당나라 놈에게 욕을 당하기 싫다시며……."

계백은 안채로 달려 들어가서 방문을 열었다.

흰옷을 입은 아내와 아들딸이 부둥켜안은 채 몸을 떨며 울고 있었다. 아내가 그를 올려다보고 말했다.

"당의 군대가 13만이라 하였으니 어찌 살아남기를 바라겠나이까? 전쟁에서 지면 아녀자는 적군의 노리개가 될 뿐, 우리 목숨이 장군의 발목을 잡지 않도록 베고 가소서!"

"부인!"

계백은 어젯밤의 일이 떠올랐다. 늦은 회의를 마치고 와 천등산으로 가기 전 그가 아내에게 말했었다.

"당나라 군사가 13만이라 하니 어려운 싸움이 될 거요. 아이들을 데리고 처가로 가시오."

침울한 그의 말을 듣고 아내가 말했다.

"오랑캐가 쳐들어오면 부녀자를 겁탈하고 죽인다고 하더이다. 친정으로 간다고 살겠습니까?"

아내는 친정으로 가지 않았다.

"부인! 어찌 된 일이오?"

계백이 나지막이 부르짖고 몸을 떨었다. 어린 아들이 아버지를 부르며 그의 다리에 엉겨들었다. 아내가 아들을 거칠게 끌어당겨 안으며 말했다.

"아버지는 큰일을 하러 가신다. 앞길을 막지 마라."

복사꽃처럼 피어나던 딸아이의 얼굴이 창백했다. 그리곤 가슴을 움켜쥐며 피를 토했다.

아내가 고통스럽게 말했다.

"적의 손에 더럽혀지기 싫으니 베고 가소서!"

아내는 아들딸과 함께 약을 먹은 것이었다. 뱃속이 뒤틀리는지 배를 움켜쥐고 계백을 향해 애원했다. 계백은 뜨거운 눈물을 흘리며 제 가족을 끌어안았다.

무사들에게 가족을 위해 나가 싸우라고 하였거늘, 어찌 가족을 베고 간단 말인가!

딸이 아비의 팔을 움켜잡고 피를 토하며 괴로워했다. 아내가 계백을 재촉하며 붉은 눈으로 눈물을 흘렸다.

"이 고통을 끝내 주세요."

계백은 일어났다. 나라를 구하는 검이라 하면서 왕이 직접 하사한 칼을 뽑았다.

나를 죽이는 것이다!

고통을 줄이려고 단 한 번 칼을 휘둘러 식구의 목숨을 끊어 놓았다. 뜨거운 피가 거꾸로 솟구쳐 올라 눈코입으로 튀어나올 것만 같았다. 계백은 넋이 나간 듯이 터덜터덜 방을 나왔다. 칼끝에서 피가 뚝뚝 떨어졌다. 자신의 살을 나누어 가진 아들딸을 제 손으로 베었다. 그 자식들의 어미를 제 칼로 베었다.

"아이고, 마님!"

늙은 종이 울부짖으며 방으로 기어들어 갔다. 곧 찢어지는 듯한 종의 울음이 터져 나왔다.

계백은 울음을 삼키며 눈을 감았다. 세찬 바람이 계백의 가슴속에서 휘몰아쳤다.

살생을 금하라던 스승의 가르침 아래 심신을 단련하였

거늘, 어찌 제 손으로 식구를 베게 하십니까!

부와 명예를 얻기 위해 무예를 닦은 것이 아니었다. 우주의 모든 물생이 본성을 지키며 살 듯 검과 하나 되어 본성대로 살 뿐이라, 무예를 단련한 마음엔 잡념이 없었다. 그런데, 그렇게 비운 마음에 백성의 아우성이 들려왔다. 가족을 제 손으로 벤 한 사내의 울음이 가득 찼다. 계백은 눈을 감고 굵은 눈물을 흘렸다. 자신이 곧 백제의 운명이었다.

멀리서 벗들의 우렁찬 함성이 들리는 듯했다. 계백은 눈을 떴다.

'가족을 벤 것은 곧 나를 벤 것이다. 지키고 싶은 것도 두려운 것도 없다.'

피맺힌 아우성이 사그라들고 자신이 훈련한 군사들의 함성이 가득 차올랐다. 그들과 함께 생의 마지막이 될 전장에 나가는 길이다. 계백은 말에 올랐다. 사비성을 향해 내달리는 그의 마음에 거칠 것이 아무것도 없었다.

왕은 달솔 계백을 지휘관으로 삼고 흑치상지를 부지휘관으로 삼아 김유신을 막으라고 명했다.

"백제의 앞날이 그대에게 달렸으니 부디 신라의 대군을 막아라!"

신라군을 상대할 백제의 결사대는 계백의 무사 오백을 포함하여 모두 오천 명이었다.

신라군이 탄현을 넘지 못하도록 막아야 한다던 성충과 흥수의 말을 되씹으며 계백이 강력하게 말했다.

"저들이 탄현을 넘지 못하도록 개태사 협곡부터 막아야 합니다."

그러나 좌평 상영과 충상이 반대했다.

"개태사 협곡은 너무 좁아서 우리 백제군이 공격하기도 힘드오. 계획대로 3영에 군사를 배치해서 저들이 들어오는 길을 막아야 하오."

"협곡을 막아야 저들이 탄현을 넘지 못합니다."

"탄현을 넘어온 적을 막으라 명하셨소!"

전투의 지휘관은 달솔 계백이었지만, 좌평은 달솔보다 높은 계급이었다.

"군사가 오천이니 세 개 성에 분산하면 아군의 수도 적어 무리일 수 있습니다. 우선 협곡을 차단해서 저들이 신라로 넘어오는 것부터 막아야 합니다.”

계백은 강력하게 요구했으나, 좌평들은 이미 왕명을 받았다는 것을 이유로 듣지 않았다. 성충이 좌평 임자를 조심하라 하였건만, 임자와 뜻을 같이하는 상영과 충상을 막지 못하였다. 전투는 시작부터 어려울 수밖에 없었다.

“신라의 대군이 분명 한길로 들어오지 않을 테니 주변의 산성 세 군데에서 저들이 오는 모든 길을 차단해야 합니다. 이 삼영을 지나 저들이 황산벌에 모인다면, 우리로선 벌판에서 대군을 맞아 싸워야 하니 힘든 전투가 됩니다.”

계백은 황산벌을 감싸고 있는 세 개 성을 진영으로 삼았다. 북쪽의 황령산성과 남쪽의 산직산성, 그리고 서쪽의 모촌산성이었다. 서라벌 쪽에서 오는 신라군이 황산으로 가려면 반드시 이 세 개 산성의 아랫길로 들어와야 했다.

각 진에 천오백 명씩을 배치하고 계백의 무사 오백 명을 선봉대로 삼았다. 계백은 전령을 보내 신라군의 동태를 파악하게 하고, 탄현과 가장 가까운 길목에 선봉대를 배치했다.

"장군님! 신라군이 옵니다! 황령산성 아랫길에 신라군의 깃발이 나타났습니다."

신라군은 생각보다 일찍 나타났다. 지금쯤 탄현에 다가서리라 생각했건만, 그들은 이미 탄현을 넘은 것이었다. 김유신의 군대가 서라벌에서 출정하였다면 이토록 빠른 시간에 당도할 수 없었다.

"선두에 선 장수가 누구인가? 김유신의 군대인가?"

"탄현 인근 성의 성주 김품일이라 합니다!"

김유신은 자신이 대군을 이끌고 오기 전에 미리 김품일을 시켜 황산으로 가는 길을 열라고 한 것이었다.

'과연 김유신이로다. 대군을 이끌고 오다가 길이 막힐 것을 염려하여, 탄현 가까이에 있던 김품일에게 먼저 출정하라고 명한 것이다. 김품일이 이미 탄현을 넘었으니, 김유신도 아무 장애 없이 그 길을 넘겠구나!'

서라벌에서 오는 군대가 닿기 전에 김품일이 일찍 탄현을 넘어 김유신이 거침없이 황산벌에 닿도록 하려는 것이었다. 계백은 산성 아래쪽에 매복을 심고 성 위에서 함께 공격할 준비를 했다. 신라군의 깃발이 황령산성 아랫길로 들어섰다.

길 양쪽에서 화살이 날아가 신라군을 공격했다. 앞쪽이 적의 공격에 쓰러지자 뒤쪽의 신라군이 주춤하며 물러났다. 그러나 곧 더 많은 군사가 돌진해 왔다. 이번에는 성 위에서 화살 공격을 퍼부었다.

김품일의 군대는 계백에게 막혀 뒤로 물러났다. 그들은 전진하려 할 때마다 계백에게 막혀 산길을 벗어나지 못한 채 반나절을 보냈다. 그때 전령이 와서 외쳤다.

"장군님! 산직산성과 모촌산성 아래로 신라군이 나타났습니다!"

예상한 대로 신라군은 각 산성 아래의 길로 나누어 진군해 왔다. 계백은 세 개 성 위에서 적들을 공격하게 했다. 아군의 수가 부족하니 좁은 길의 매복 작전에서 최대한 적에게 타격을 주어야 했다. 신라군은 쓰러진 군사를 딛고 계속 진격해 왔다. 그들은 산속으로 흩어져 도망치듯 하였으나 다시 성 아랫길로 진격하였다.

"군사들의 목숨을 아껴라. 우리는 황산벌에서 적과 맞

서야 하니 군사 한 명이 소중하다.”

계백은 장수들에게 명령했다. 황산벌에서 적을 맞아 한 명이 열 명의 몫을 싸워야 하는 전투였다.

성 위에서 아래로 내려다만 보고 하는 공격은 한계가 있었다. 좌평 상영과 충상이 지키던 산직산성이 김유신에게 먼저 뚫리고 말았다. 그들을 막느라 계백의 결사대가 나선 사이 나머지 두 산성 아랫길로도 신라군이 밀고 들어왔다. 결국 신라군은 세 갈래의 길을 통해 황산의 들판에 들어섰다.

김유신이 김품일을 꾸짖었다.

“자네를 좌장군으로 삼은 것은 자네가 탄현 가까이에 있기 때문이었네. 먼저 가서 탄현을 넘어 황산벌로 가는 길을 열어 놓으라고 했건만, 어찌 길을 내지 못했는가?”

“백제군이 산성 아랫길을 막고 거세게 공격하여 길이 막혔습니다.”

“작은 산성 하나를 이기지 못하다니, 우리가 늦게 당도했다면 수천의 자네 군사는 전멸하였을 것이네.”

“적장이 매복을 심고 성 위에서도 공격하니 아군의 피

해가 커서 진군하기 어려웠습니다.”

“적장이 누구인가?”

“계백이라 합니다.”

황산벌 전투

신라군은 오만, 백제는 오천 명이었다. 신라군은 넓은 벌판을 가득 메우고 구름처럼 서 있었다. 계백이 군사들 앞에 나서서 큰 소리로 말했다.

"지난날 월나라 구천(句踐)은 5,000명으로 오(吳)나라의 70만 무리를 격파하였다. 저들의 수가 많다고 두려워하지 말라! 각자 죽기로 싸워 백제를 지키고 땅의 은혜에 보답하라."

계백의 무사 오백 명이 선봉대로 나섰다. 그들의 얼굴에는 조금의 두려움도 없었다. 오히려 적을 확인한 무사들의 얼굴에는 죽음의 결기가 살아났다. 신라군이 전력을 정비하기 전에 밀어붙여야 했다. 말 달리는 소리가 황산벌의 지축을 흔들었다. 창과 방패를 곧추세운 기마병들이 신라군을 향해 내달렸다.

김유신은 급히 제1진에 있는 기마병과 보병들을 내보냈다. 창과 방패가 부딪치는 소리가 요란하게 울렸다. 백제의 무사들은 혼자서 신라군 대여섯 명을 능히 감당했다. 신라 기마병이 점점 뒤로 밀리고 보병들도 뒷걸음치기 시작했다.

신라군의 제2진이 가세할 준비를 했다. 그때였다.

둥둥둥!

백제 진영에서 북소리가 힘차게 울렸다. 오백 명의 무사들이 물살이 갈라지듯 양옆으로 급히 달아났다. 그리고 가운데에서 활을 든 보병들이 달려 나와 일제히 활을 쏘았다. 신라군은 제2진이 미처 합류하지도 못한 채 뒤로 물러났다. 계백의 선봉대 오백 명에 기가 눌린 신라군은 애초보다 훨씬 뒤로 물러나 진지를 구축해야 했다.

첫 전투에서 승기를 잡은 백제군의 기세는 드높았다.

"이제 시작이다. 저들은 수적인 우세를 몰아 막무가내식 공격을 할 것이다. 사기를 곧게 세워 적들에게 대항한다면 적의 수가 많다고 해도 결코 우리를 넘어서지 못할 것이다.”

계백의 말에 군사들은 힘찬 함성을 내질렀다.

신라군이 다시 공격해 왔다. 화살을 집중적으로 쏘아 대며 백제군이 한 걸음도 움직이지 못하게 했다.

“방패로 막아라!”

백제군은 빗발치듯 날아오는 화살을 방패로 막아 내며 움직이지 않았다. 이윽고 쏟아지던 화살이 주춤하고 신라의 보병들이 돌진해 왔다.

“나를 따르라!”

이번에는 흑치상지가 말을 몰아 선봉에 서서 신라 진영을 뚫고 나갔다. 신라군이 한쪽으로 몰리며 후퇴하자, 계백이 그 측면을 쳐서 신라군을 몰아붙였다.

진영에서 전투를 바라보던 김유신과 김흠신은 백제군의 용맹함에 표정이 굳어 갔다. 기벌포에 백제군 이만 명이 투입되었다고 하니 저들이 황산벌에서 신라의 대군을 당하기에는 역부족일 것이라 여겼다.

그런데 백제의 결사대는 그야말로 일당백의 역할을 하

는 장수들이었다. 특히 적장으로 보이는 자가 직접 나와 칼을 휘두르니 신라군은 겁에 질려 뒷걸음질을 쳤다.

"저 장수가 누구인가?"

김유신의 물음에 김흠신이 이를 갈며 말했다.

"달솔 계백이라 합니다."

계백!

김유신은 그동안 수많은 전투에서 백제의 장수들과 맞부딪혔다. 김유신은 의직과 윤충과 은상 등의 장수들을 전장에서 만나서 제대로 파악하고 있었다. 그러나 계백에 대해서는 잘 알지 못했다. 전장에서 공을 세워 달솔에 올랐고, 무예가 출중해 사비성 내 군사의 훈련을 맡은 대장으로만 알고 있었다.

그런데 오늘 보니 계백은 지금까지 보아 온 어떤 장수보다 냉철하게 싸움을 이끌고 있었다. 돌격대로 나온 그의 장수들은 불과 오백 명으로 수천의 신라군을 궁지로 내몰았다.

"모두가 어찌 저리 용맹하고 출중하단 말인가? 저들의 실력은 결코 군사 훈련만으로 도달할 수 있는 경지가 아니다. 도대체 계백은 어떤 인물이기에 저런 장수들을 수백 명 거느리고 있단 말인가?”

계백 같은 이가 신라에 있었더라면!

김유신은 간장이 타들어 가는 듯한 급박함 속에서도 계백에 대한 호기심과 경외감이 솟구쳤다. 그때 좌장군 김품일이 달려왔다.

“전령이 왔습니다. 기벌포에서 당군이 백제군을 섬멸하였으니, 약조한 대로 내일 합류하라고 합니다.”

애초에 7월 9일 당군은 기벌포에 상륙하고 신라는 황산을 넘어, 7월 10일에 사비성 앞에서 합류하기로 하였다. 그러려면 내일은 반드시 계백의 군대를 제압하고 황산을 지나가야 했다.

다음날, 새벽이 되자 김유신은 장수들을 앞세워 선제공격에 나섰다. 만 오천의 군사를 동시에 출전시켜 수적으로 열세한 백제군을 제압하고자 했다. 하지만 백제의 장수들은 한 치의 흐트러짐도 없이 신라군을 막아 냈고, 그들을 따르는 보병 역시 몇 배로 많은 적군과 싸우면서도 힘이 달리지 않았다. 김유신은 군사를 교대시키며 오전

내내 싸웠으나, 신라군은 오히려 후퇴하고 말았다.

오후가 되자 김유신은 마음이 급해졌다.

"소정방은 지금 우리가 보급품을 가지고 오기를 눈이 빠지도록 기다리고 있을 테지. 지금 황산을 넘어도 약속한 날보다 하루가 지났는데."

소정방은 무례하고 탐욕스러운 장수였다. 지금 신라가 소정방과의 약속을 지키지 못하면 차후 당은 그것을 빌미로 신라에 더 많은 보상을 요구할 것이 틀림없었다.

"시간이 없다. 총공격하라!"

전군 총공격의 명령이 내려졌다. 후미에서 보급품을 지키는 소수의 군사만 남고 전원이 전투에 참여하였다.

어둠이 내리기 시작하는 시간, 피를 뿌리며 죽어 간 군사들의 시신 위로 노을이 내려와 황산벌에 비릿한 기운이 붉게 퍼져 나갔다. 계백은 피로 물든 갑옷을 입은 채 말 위에서 군사들의 대열을 정비했다. 수백 명의 군사를 잃기는 했으나, 오늘의 전투는 백제군의 승리였다.

신라군은 수천 명의 군사를 잃었고 남은 군사들의 사기마저 꺾였다. 이틀 동안 네 번의 전투에서 신라군은 모두 백제에 패했다. 오만의 대군이 고작 오천 밖에 안 되는 군사들을 뚫고 나가지 못하다니. 그러나 아무리 능력이 뛰어난 군사들이라도 수적 열세가 오래가면 지치기 마련이다. 내일은 총력을 다해 백제군을 무너뜨리고 황산벌을 건너 사비에 닿아야 했다.

김유신은 아우 김흠신을 불렀다.

"자네 아들 반굴이 이번에 자식을 얻었다지?"

"예, 형님. 제가 할아비가 되었습니다."

"내일 전투에서 반굴이 선두에 서야겠네."

김유신은 멀리 계백 진영의 불빛을 바라보며 말했다. 김흠신은 눈길을 떨어뜨리고 대답이 없었다.

"반굴이 소년 시절, 백제 왕이 직접 참전한 전투에 나가서 패한 적이 있었지?"

"예, 그러합니다."

"그때의 굴욕을 이번에 갚음이 어떠한가?"

김유신이 멀리 주었던 눈길을 거두어 김흠신을 똑바로 보았다. 김유신의 차가운 눈빛이 흠신의 불안한 마음을 타이르는 듯했다.

"명예를 회복할 기회를 주시니, 어찌 나가지 않겠습니까?"

김흠신이 물러간 후 김유신은 이번에는 좌장군 김품일을 불렀다.

"좌장군 아들이 화랑으로 출전하였다지? 몇 살이오?"

"예, 화랑 관창, 올해 16세입니다."

"전장을 제대로 겪어도 될 나이로군."

김품일은 진골 출신이었다. 그는 상대등 김유신 앞에 머리를 조아리기는 하였으나, 자신은 진골 왕족이며 김유신은 망한 가야의 왕족임을 잊지 않았다. 이에 김유신 앞에서 신라 진골임을 명예롭게 보여 줄 기회를 노리고 있었다.

"기회를 주신다면 신라 진골이요, 화랑의 부장으로서 관창이 명예롭게 출전하여 공을 세울 것입니다!"

김유신은 고개를 끄덕이며 말했다.

"그 기개가 신라군을 살릴 것이오."

백제 진영의 계백 역시 잠을 이루지 못하고 검은 하늘을 우러러보았다.

무사들은 사력을 다해 싸워 주었다. 그러나 그들도 이제 지쳐 갔다. 동고동락을 같이한 형제의 죽음을 보면서 어찌 분노하지 않을 수가 있겠는가. 적에 대한 분노는 전의의 촉매가 될 수 있으나 감정을 다스리지 못하여 허점이 드러나기 쉬운 법이거늘!

계백은 장검을 짚고 서서 다시 하늘을 올려다보았다. 기벌포에서 당나라 대군에게 패했으며 복신이 살아남은 군사를 이끌고 주류성으로 갔다는 기별이 왔다. 계백은 간절한 마음으로 눈을 감았다.

'목숨을 버리고 순리에 따르고자 합니다. 의로운 자들의 목숨을 헛되이 버리지 말고 백제를 구하게 하소서!'

다음 날 새벽, 계백은 장수들 앞에 섰다.

"오늘 신라는 전군이 총력전에 나설 것이다. 조금의 미련도 물러섬도 없을 것이다. 설사 오늘 목숨이 다한다 해도 훗날 백제의 생명으로 되살아날 테니, 두려움 없이 나가 싸워라!"

계백은 흑치상지만 따로 불러 나지막이 말했다.

"내 말 잘 들으시게. 만약 오늘 싸움에서 우리의 패색

이 짙어지면, 자네는 살아서 어라하를 돕고 후일을 도모
하게."

"그것이 무슨 말씀입니까?"

"오늘 신라군이 총공세를 펼칠 것이니 전세가 불리해질
것이네. 황산벌에서 죽는 것은 내 몫이고 살아남아 후일
을 도모하는 것이 그대 몫이니, 이를 명심하시게."

흑치상지가 감정을 억누르는 듯한 음성으로 말했다.

"어찌 전장에서 비겁하게 도망치라 하십니까? 장군과
함께 명예롭게 죽겠으니 그런 당부는 거두어 주십시오."

"죽는 것보다 오히려 살아남아 백성을 이끄는 것이 더
욱 명예롭지. 전투의 끝이 보이면 남은 군사를 챙겨서 속
히 황산벌을 빠져나가게. 이것이 내 마지막 명령일세."

두 주먹을 불끈 쥐고 계백을 바라보는 흑치상지의 넓은
어깨가 가늘게 흔들렸다.

황산벌에 새날이 밝아 왔다. 들판에는 옅은 안개가 자
욱하고 그 너머에서 태양의 기운이 칼날처럼 번득였다.
안개가 순식간에 걷히고 붉은 해가 떠올랐다. 새들이 일
제히 날아오르며 길게 울었다.

김흠순이 아들 반굴을 불러 말했다.

"신하 된 자의 도리로 충성만 한 것이 없고, 자식으로서는 효도만 한 것이 없다. 나라가 위태로울 때 목숨을 바쳐 싸운다면, 충과 효 두 가지를 모두 세우게 된다."

"예, 제가 나가 싸워서 충효의 근본을 이루겠나이다!"

반굴이 김유신에게 가서 고하자, 그가 짐짓 강한 어조로 말했다.

"임전무퇴의 화랑도 정신을 알렸다? 자랑스러운 화랑이 돼라!"

반굴 역시 소년 시절, 의자왕이 목숨을 살려 주었을 때의 굴욕을 잊지 않고 있었다.

"소신 화랑으로 부끄럽게 목숨을 부지하였으니, 이제나마 그 굴욕을 씻고 죽음으로써 명예를 회복하고자 합니다."

이번에는 김품일의 아들 관창이 다가와 예를 갖추었다. 김유신은 생각보다 앳되어 보이는 관창을 보고 내심 놀랐다.

"이번 전투가 너에겐 첫 실전이겠구나. 네 나이가 몇이라고?"

"열여섯입니다."

관창이 고개를 들어 김유신을 바라보는데, 그 눈빛이 해맑아 유신은 한순간 가슴이 아렸다.

"선봉에 나설 기회를 줄 테니 화랑의 명예를 드높이길 바란다."

"목숨을 걸고 전장의 선봉에 서는 것이 화랑으로서 어찌 자랑스럽지 않겠습니까?"

기세 있게 물러나는 관창을 보며 김유신은 짧은 한숨을 내쉬었다. 그리고 계백의 진영을 바라보았다.

계백! 그대는 시대의 영웅이나, 오늘은 우리가 승기를 잡을 것이오. 탄현에서 그대를 만났다면 서라벌로 가는 길이 막혔을지도 모르오. 계백, 당신은 내가 만난 최고의 장수였소.

둥둥둥!

북소리가 울렸다.

관창과 계백

신라 진영에서 커다란 외침이 들려왔다.

"나는 신라의 화랑 반굴이다. 계백은 나와서 내 칼을 받아라."

한 장수가 군사를 이끌고 선두에 나서며 달려오고 있었다. 흑치상지가 말 위에 올랐다.

"감히 장군의 존함을 함부로 부르다니!"

반굴과 흑치상지를 태운 말이 양 진영에서 거침없이 달려 나왔다. 가운데서 둘의 말이 부딪히는가 싶은 순간 칼이 번뜩였다. 반굴이 말을 돌려 다시 달려드는 순간 흑치상지의 칼이 반굴을 베었다. 반굴은 말 위에서 축 늘어졌다. 반굴을 따르던 군사들이 함성을 지르며 달려 나왔으나 곧 쓰러졌다. 반굴의 시신은 자신의 말에 실린 채 신라 진영으로 돌아갔다. 김흠순이 아들의 시신을 부둥켜안았다.

그 모습을 보고 좌장군 김품일이 큰소리로 관창을 불렀다. 김품일은 관창을 말 앞에 불러 세운 뒤 여러 장수들을 향해 말했다.

"내 아들은 나이가 겨우 열여섯이나 의지와 기백이 자못 용감하오. 오늘의 싸움에 앞장서 능히 화랑의 모범이 되리라!"

관창이 우렁차게 대답한 후, 갑옷 입힌 말을 타고 창 한 자루를 들고서 적진으로 달려 나갔다. 그의 모습을 신라군은 조마조마한 마음으로 지켜보았다.

"창을 드는 것도 아직 서툰 아이를 선봉에 세웠구나!"

흑치상지가 마주 달려 나가서 가볍게 창으로 치자 관창은 말에서 떨어졌다.

"저 녀석을 끌고 와라."

옷소매가 찢어져 생채기가 난 채 관창은 계백 앞으로 끌려갔다. 아직 다 성장하지 않은 듯한 어린 몸을 보고 계백은 말했다.

"투구를 벗겨라."

투구를 벗자 앳된 소년의 얼굴이 나타났다. 떨리는 눈에는 두려움과 분노가 교차하고 있었다.

"몇 살인가?"

"화랑으로 전장에 나왔으니, 나이가 무슨 상관이오?"

관창은 계백의 위엄에 눌리지 않으려고 몸에 힘을 주었다.

"어리나 용맹하구나. 전장에 나오더라도 목숨은 귀히 여겨라."

계백은 관창을 살려 보내라고 했다. 그러자 관창은 붙들린 팔을 뿌리치며 소리쳤다.

"화랑은 전장에 나가면 물러남이 없는 법, 차라리 내 목을 베시오."

계백은 불타는 듯한 관창의 눈에서 어릴 적 자신의 모습을 보았다. 아버지의 죽음을 눈앞에서 본 후 적진 속으로 뛰어들어 무참히 베고 또 베었던 때가, 바로 이 소년만한 시절이었다.

"용감하구나. 그러나 사내의 덕이 용감함에만 있지 않으니, 다시 만나면 그때 칼을 겨누마. 돌아가라!"

"차라리 명예롭게 죽이시오."

관창을 억지로 말에 태워 보낸 후 계백이 중얼거렸다.

"소년들이 임전무퇴의 정신으로 전장에 나오니, 저들이 어른의 모범이 되겠구나. 어린 화랑을 희생시키는 것이 김유신의 마지막 전법인가."

관창은 신라 진영으로 돌아갔다. 아버지 김품일이 다가와 관창의 어깨를 두들겨 주었다. 살아 돌아온 아들을 보는 그의 눈에 많은 감정이 엇갈리고 있었다. 관창은 입술을 실룩거리며 말했다.

"저는 싸우고자 했으나, 계백이 저를 어리다고 살려 보냈습니다. 다시 가서 계백을 반드시 베겠습니다."

"과연 내 아들이로다!"

관창은 진영의 풀숲에 있는 샘 앞에 섰다. 두 손을 샘에 담가 물을 듬뿍 떠 마셨다. 시원한 물이 굴욕적인 마음을 조금은 씻어 주는 것 같았다. 관창은 두 손으로 물을 떠서 자신의 말에게 먹였다.

“많이 먹어 두거라. 내가 너에게 주는 마지막 물일지 모른다.”

관창은 말을 타고 다시 적진으로 달려 나갔다. 소수의 군사가 그의 뒤를 따랐다. 흑치상지가 군사를 이끌고 달려 나왔다. 흑치상지는 선두에 선 이를 단칼에 베려다가, 계백이 살려 보낸 그 소년임을 알아보았다. 흑치상지는 노련하게 칼로 소년의 팔을 쳐서 말에서 떨어뜨렸다.

관창은 다시 계백 앞에 끌려갔다.

“김유신이 어린 목숨을 이용하려 하는구나. 썩 돌아가거라!”

그러나 관창은 다시 외쳤다.

“화랑은 전장에서 물러섬이 없는 법! 죽어서 돌아가더라도 살아서 돌아갈 수는 없소!”

계백은 순간, 관창을 쓸쓸한 눈빛으로 보고 나지막이 말했다.

“다신 살려 주지 않을 테니 돌아가거라.”

계백이 관창을 말에 태우고 그 말의 엉덩이를 후려갈겼다. 말이 신라 진영으로 가는가 싶었지만, 관창이 다시 말

을 돌려 계백을 향해 달려들었다. 계백이 옆으로 비켜서
며 칼을 세우는 순간, 관창의 목이 떨어졌다.

"용기가 가상하니 화랑의 목을 돌려보내거라."

관창의 몸을 말에 싣고 말안장에 관창의 목을 매달아
신라 진영에 보냈다.

김품일이 말에 매달려 온 아들의 머리를 두 손으로 잡
았다. 그는 굵은 눈물을 흘리며 관창의 목에서 떨어지는
피를 손으로 닦았다.

"내 아들의 얼굴, 이 눈과 입이 살았을 때와 똑같구나.
신라와 폐하를 위해 죽었으니 후회할 것 없다."

군사들이 이 모습을 보고 눈시울을 붉혔다. 슬픔은 곧
분노가 되어 젊은 화랑들의 피를 끓게 했다. 김유신은 때
를 놓치지 않고 외쳤다.

"누가 가서 반굴과 관창의 복수를 하겠느냐! 전군이 나
서서 두 화랑의 죽음을 헛되이 하지 말라! 모두 죽음으로
전투에 나서라!"

북소리가 크게 울렸다. 신라의 화랑들이 선두에서 함
성을 지르며 황산벌을 달려 나갔다. 나이 어린 관창의 죽

음을 지켜본 화랑들에겐 다른 말이 필요 없었다. 지난 이틀간의 전투는 계백의 군대를 물리치고 사비로 향해야 한다는 목적으로 싸웠다. 수적으로 열세인 저들의 강렬한 저항에 부딪히면서 신라군의 사기는 저하되어 불안에 떨고 있었다.

그러나 지금은 목적도 불안도 없었다. 가슴 속에 오직 하나의 기세만이 맹렬하게 타올랐다. 관창의 복수를 하라는 피 끓는 외침만이 들끓고 있었다.

"화랑은 전장에 나가 물러섬이 없는 법!"

신라군의 기세가 완연히 살아났다. 계백은 이 전투의 끝이 눈앞에 보였다. 혼자 힘으로 능히 수십 명을 감당할 수 있는 무사들이지만, 그들의 몸은 지쳐 갔다. 순리를 따르며 몸과 마음을 연마하였던 그들도 합심해서 달려드는 화랑들의 복수심 앞에서 하나둘씩 꺼져 갔다.

"전진하라! 사비로 가라!"

신라군은 쓰러진 적을 다시 베고 발아래 걸리는 아군의 시신을 밟으면서 전진했다. 칼을 휘두르는 사내들의 눈빛엔 지조도 의로움도 없었다. 살아남기 위해 죽여야 하는 본능 위에 복수와 저주만이 미친 듯이 타올랐다. 황산벌은 백제 군사들의 피로 붉게 물들어 갔다. 계백은 점점 뒤로 물러서며 군사들을 독려하였지만 싸움의 끝이 보였다.

황산성 앞까지 와서 신라군은 공격을 멈추었다. 백마를 탄 김유신이 처음으로 선두에 나섰다. 김유신은 계백을 죽이고 싶지 않았다.

"계백! 그대의 목숨은 거두고 싶지 않으니 이제 그만두기를 바라오. 사비성의 백제왕에게 가서 백성들이 더 이상 피 흘리지 않도록 항복하라 이르시오. 계백 장군이 백성의 희생을 막을 수 있도록 기회를 주겠소."

계백은 두 팔을 활짝 벌렸다. 계백의 뒤에는 흑치상지와 좌평 상영과 충상, 군사 수십 명이 살아 있을 뿐이었다. 계백이 재빨리 나지막한 목소리로 말했다.

"흑치상지는 이들을 데리고 가시게."

팔에 부상을 입은 무사가 계백을 붙들었다.

"장군을 두고 어찌 갑니까? 저희가 막을 테니 장군께서 가십시오."

그러자 다른 무사도 눈물을 머금고 말했다.

"저희의 목숨은 하찮은 것이요, 장군의 목숨에 백제의 앞날이 달렸습니다. 김유신의 말을 듣는 척하고 후일을 도모하십시오."

계백이 그들을 돌아보는 순간 중천에 떠 있는 해가 그의 얼굴을 비추었다. 계백의 표정엔 티끌만큼의 불안도 분노도 없었다.

"지금은 나만이 그대들을 살릴 수 있다. 사비성이 함락되더라도 하늘이 허락하는 한 끝까지 포기하지 마라. 가거라!"

계백은 뚜벅뚜벅 걸어 나가더니 죽은 무사의 방패 두 개를 오른손과 왼손에 각각 들었다.

"김유신! 나는 세 치 혀로써 전쟁을 일으키고 어린 목숨을 이용하는 그대의 뛰어난 전략을 따를 수가 없소. 나는 그런 병법을 모르니 그저 하늘의 뜻대로 싸울 뿐이오. 내 형제들의 목숨을 빼앗았듯 나를 거두고 가시오."

흑치상지는 출전하기 전날 계백이 했던 말을 떠올렸다. 계백은 전투의 결과를 처음부터 예상하고 있었던 것이다. 흑치상지는 좌평 상영과 충상, 그리고 군사 몇을 데리고 뒤로 물러났다. 살아남은 계백의 무사들이 끝까지 계백을 호위하고 있었다.

화살이 날아왔으나 계백은 두 개의 방패로 막아 냈다. 가까이 다가온 신라군은 칼과 창을 휘둘렀다. 방패로 적의 칼을 막아 내던 계백이 방패를 내던지고 날아오는 창을 잡았다. 두 손에 창을 잡은 계백은 바람을 일으키며 창두 개로 적들의 공격을 막아 냈다. 최후의 무사들이 그의 곁에서 하나둘 죽어 갔다.

거침없이 창을 휘두르던 계백이 멈칫했다. 어깨에 화살이 박혔으나 별다른 장애가 되지 않았다. 그의 몸은 더욱 빨라져 마치 바람개비 도는 듯 돌아가며 신라군의 목을 베었다. 다시 멈칫했을 때는 두 다리에 화살이 박혀 있었다.

계백은 바람의 소리를 들었다. 신라군의 독기 오른 숨소리와 비릿한 열기가 점점 다가오고 있었다.

'관창의 주검을 돌려보내지 말았어야 했다. 전장에서는 인간에 대한 예의가 화살이 되어 돌아오는구나. 과연 김

유신이로다.'

한 장수가 활을 겨눈 채 다가오며 소리쳤다.

"내 아들 관창의 복수를 하겠노라!"

관창의 아버지 김품일이었다. 계백은 당연히 김품일을 맞아야 한다는 듯 양팔을 벌려 손에 잡은 창을 땅에 꽂고 버티어 섰다. 김품일이 활을 쏘았다. 계백의 심장을 정확하게 맞추었다. 연이어 수십, 수백 개의 화살이 바람을 일으키며 그에게 몰려들었다. 계백은 땅에 꽂은 창을 두 손으로 꽉 잡은 채 하늘을 우러러보았다. 붉어진 그의 눈 속으로 푸른 하늘이 내려왔다. 다시 화살 하나가 심장에 꽂혔다. 영혼이 천천히 그의 몸에서 빠져나갔다.

바람이 멎었다. 그의 몸에 돌던 뜨거운 피가 출구를 찾아 흘러내리기 시작했다. 그의 피는 황산벌을 적시고, 영혼이 빠져나간 몸은 굳어 갔다. 그의 영혼은 쓰러진 무사들의 넋을 일으켜 세웠다.

아파하지 마라. 잠시 고단하였을 뿐, 이제 돌아갈 때이다.

그의 몸은 선 채로 단단하게 굳어 갔다. 김유신이 붉어진 눈을 하고 계백을 향해 고개를 숙였다.

'하필 우리가 같은 시대에 이런 전장에서 만날 운명이었다니. 그대 앞에 내가 없었다면, 하필 나와 칼을 겨누지만 않았다면…….'

계백의 몸은 뜨거운 태양이 지고 어둠이 피어날 때까지, 황산벌의 문지기라도 된 듯 석불처럼 굳게 서 있었다.

4장

백제,
그 이후

마지막 왕 의자

　당군 13만 명과 신라군 5만 명, 나라가 안정적이고 부강하였더라도 18만의 적군을 대적하기는 어려웠다. 조선 시대 임진왜란 때 쳐들어온 왜군이 15만이라 하니, 당시에 18만이면 백제가 아무리 강성해도 중과부적이었다.

　7월 9일 소정방이 기벌포에 내린 후 7월 10일에 김유신을 만나기로 하였으나, 신라군이 황산벌에서 계백에게 막히는 바람에 나당연합군은 7월 12일에 사비로 들어섰다. 이때 소정방은 신라군이 늦게 도착한 데 대해 화를 내며 신라 장수를 죽이려 하였다. 김유신이 나서서 황산벌에서의 전투가 얼마나 힘들었는지 설명하여 부하의 목숨을 겨우 건졌다.

7월 13일, 의자왕은 태자 효와 측근을 데리고 웅진성으로 피신했다. 웅진성이 철옹성이므로 사비와 웅진 두 성이 문을 닫고 지키고 있으면 승산이 있다고 보았다. 나당 연합군이 군량을 조달하지 못하면 저들도 지칠 수밖에 없으리라 판단한 것이다.

그런데 왕과 태자가 웅진으로 가고 사비성의 왕좌가 비자, 둘째 왕자가 스스로 왕이 되었다. 태자의 아들이 이를 보고 측근들과 함께 성 밖에 나가서 당군이 성에 깃발을 꽂을 기회를 주고 말았다.

왕은 태자 효(孝)와 함께 북쪽 변경(웅진성)으로 달아났다. 소정방이 성을 둘러싸니 왕의 둘째 아들 태(泰)가 스스로 왕이 되어 무리를 이끌고 굳게 지켰다. 태자의 아들 문사(文思)가 왕자 융에게 일러 말하기를, "왕은 태자와 함께 나갔고, 숙부가 자기 마음대로 왕이 되었는데, 만일 당나라 군사가 포위를 풀고 가 버리면 우리들이 어찌 안전할 수 있겠습니까?"라고 하고 마침내 측근들을 데리고 밧줄을 타고 나가니 백성이 모두 뒤따랐지만, 태는 말리지 못하였다. 소정방이 군사들에

게 성벽을 넘어가 당나라 깃발을 세우게 하자, 태는 성문을 열
고 말았다.

– 『삼국사기』 백제본기 의자왕 –

사비성은 나당연합군에게 저항 한번 못 해 보고 스스로
무너지고 만 것이었다. 이날의 일에 대해 신라본기 태종
무열왕 편에는 더 자세하게 실려 있다.

무열왕 7년(660년) 7월 13일에 의자왕이 좌우의 측근을 거
느리고 밤을 틈타 도망쳐 달아나 웅진성(熊津城)에 몸을 보
전하고, 의자왕의 아들인 부여융(扶餘隆)이 대좌평(大佐平)
천복(千福) 등과 함께 나와서 항복하였다. 법민(法敏)이 융
을 말 앞에 꿇어앉히고 얼굴에 침을 뱉으며 꾸짖어 말하기를, "
예전에 너의 아비가 나의 누이를 억울하게 죽여서 옥중(獄中)
에 묻은 적이 있다. 그 일은 나로 하여금 20년 동안 마음이 아
프고 골치를 앓게 하였는데, 오늘 너의 목숨은 내 손안에 있구
나!"라고 하였다. 융은 땅에 엎드려서 말이 없었다.

– 『삼국사기』 신라본기 태종무열왕 –

사비성이 쉽게 항복하였다는 소식을 듣고 웅진성도 무너지고 말았다. 웅진성의 방령 예식이 의자왕을 배신하여 왕을 데리고 나와 소정방에게 항복한 것이다.

무열왕 7년(660년) 7월 18일에 의자왕(義慈王)이 태자(太子)와 웅진방령(熊津方領)의 군사 등을 거느리고 웅진성(熊津城)으로부터 와서 항복하였다.

- 『삼국사기』 신라본기 태종무열왕 -

웅진 방령 예식은 이 공으로 당나라에 가서 벼슬을 하였고, 그에 대한 기록은 구당서에 남아 있다.

신채호는 『조선상고사』에서 당시 웅진성의 수비대장 예식이 의자왕을 잡아 항복하기에 이르렀다고 한다. 이때 의자왕이 자살하려고 스스로 칼로 목을 찔렀으나, 동맥이 끊기지 않아서 죽지 못하고 소정방에게 끌려갔다고 되어 있다. 『조선상고사』는 그 내용의 진위가 논란이 되는 부분이 있어서 학계의 인정을 받지 못하였는데, 중국에서 예식의 묘비명과 그의 가족묘가 발굴되면서 예식의 배신이 사실로 드러났다.

항복한 의자왕은 나당연합군의 축하연에 불려 나가 술을 따르는 치욕을 당했다.

8월 2일에 태종무열왕 김춘추는 주연을 크게 베풀어 장수와 병사들을 위로하였다. 무열왕과 소정방(蘇定方) 및 여러 장수들은 대청마루의 위에 앉고, 의자왕과 그 아들 부여융은 대청마루의 아래에 앉았다.

김춘추는 의자왕으로 하여금 소정방과 신라의 장수들에게 술을 따르게 하였다. 이 자리에는 백제의 좌평들도 나와 있었는데, 의자왕이 술을 따르는 모습을 보고 모두 눈물을 흘렸다.

김춘추는 이날, 대야성 전투에서 죽은 자신의 딸 고타소의 원한을 갚았다.

8월 2일 이날 모척(毛尺)을 붙잡아서 목을 베었다. 모척은 본래 신라 사람으로서 백제로 도망한 자인데, 대야성(大耶城)의 검일(黔日)과 함께 성이 함락되도록 모의하였기 때문에 목을 벤 것이다. 또 검일을 잡아 죄목을 세면서 말하기를, "네가 대야성에서 모척과 모의하여 백제의 군사를 끌어들이고 창고에 불을 질러서 없앴기 때문에 온 성안에 식량을 모자라게 하여 싸움에 지도록 하였으니, 그 죄가 첫 번째다. 품석(品釋) 부부를 윽박질러서 죽였으니, 그 죄가 두 번째다. 백제와 더불어서 본국을 공격하였으니, 그것이 세 번째 죄이다."라고 하였다. 이에 사지를 찢어서 그 시체를 강물에 던졌다.

- 『삼국사기』 신라본기 태종무열왕 -

대야성 전투 당시 성주 김품석이 부하인 검일의 아내를 겁탈하자 검일과 모척이 그를 배신하여 백제가 성을 차지한 것이었다. 김춘추는 연회의 막바지에 검일과 모척을 불러 사지를 찢어 죽였다. 대야성 전투에서 시작된 의자왕과 김춘추의 악연은 김춘추의 승리로 끝났다.

이후 소정방은 왕과 태자 효, 왕자 태, 융, 연 및 대신(大臣)과 장사(將士) 88명, 백성 12,807명을 당나라 수도로 보냈다.

의자왕이 향락에 빠져 백제를 망하게 했다고들 하지만, '향락'에 대한 근거는 부족하다. 의자왕이 자신의 서자 41명을 좌평에 봉하였다는 기록을 통해 그의 궁녀가 수십 명은 되었으리라고 추정한다. 그러나 역대 왕들과 비교할 때 '향락에 빠져 나라를 망하게 하였다.'라고 단정할 근거는 되지 못한다.

특히 의자왕에게 붙어 다니는 말이 '삼천 궁녀'인데, 그 시대에 삼천 명이나 되는 궁녀가 있었다는 것은 억측이다. 백제보다 인구가 많은 조선의 경우에도 궁녀 수가 최대 700명 정도였다. 『주서』에 의하면 당시 사비도성의 인구는 남녀노소를 합하여 5만 명인데, 인구 비율을 고려하더라도 궁녀를 3천 명이나 두기는 어렵다. 그렇다면 삼천 궁녀 이야기는 어디에서 나왔는가?

『삼국유사』에 의자왕의 후궁들이, '차라리 자살하지, 남의 손에 죽지 않겠다.' 하고 떨어져 죽었다고 하여 이 바위를 타사암(墮死巖)이라고 한다는 기록이 있다. 이 타사암이 고려 말기를 지나면서, 떨어져 죽은 여인들을 미화하여 낙화암(落花巖)으로 변모된다. 그리고 조선 중기의 문인 김흔의 시에 '삼천 궁녀'가 처음 등장한다. 김흔의 문집 「안락당집(顏樂堂集)」에 '낙화암'이라는 칠언고시가 나온다.

> 부여의 왕기가 날로 쇠해지니
> 달도 차면 기우는 것 애꿎은 점쟁이만 죽였구나.
> 은은한 고각 소리 탄현을 뒤흔들고
> 누선(樓船) 그림자가 백마강을 덮었네.
> 약석 같은 충신의 말이 처음에는 입에 써서
> 호강만 누리더니 끝내 후회막급이구나.
> 노래하고 춤추던 삼천 궁녀(三千歌舞) 모래에 몸을 맡겨
> 꽃 지고 옥 부서지듯 물 따라 가 버렸네.

시의 말미에 나온 '삼천 궁녀'는 '많은 궁녀'를 지칭할 때 쓰는 표현이다. 중국 사서에도 삼천 궁녀라는 표현이 적잖이 나온다. 그런데 이 이후 조선의 유학자들에 의해 의자왕은 향락에 빠진 패왕의 전형이 되었다. 그 후 많은 역

사 소설과 대중가요에서 언급하면서, 의자왕과 삼천 궁녀
는 진실처럼 굳어지게 되었다.

당나라 수도 장안까지 끌려간 의자왕은 11월에 당나라
고종 앞에 굴복한다. 이때 백제에서는 여러 곳에서 백제
부흥운동이 일어나고 있었다. 당은 백제 백성들을 회유
하기 위해 부여융을 웅진 도독으로 임명하여 백제로 보
낸다.

장안까지 가는 먼 길에 고생한 의자왕은 추운 겨울을
나지 못하고 죽었다. 그의 시신은 당의 왕족과 귀족이 묻
히는 북망산에 묻혔다. '의자(義慈)'는 그의 본명으로, 시
호를 받지 못해 역사에 의자왕으로 남았다.

훗날『삼국사기』에서 의자왕을 한 번 더 언급한 부분이
있는데, 후백제를 세운 견훤의 열전에서이다.

견훤은 "지금 내가 감히 완산(完山)에 도읍하여 의자왕의
오래된 울분을 씻지 않겠는가?"라고 하였다. 마침내 후백제
왕을 자칭하고 관부를 설치하여 관직을 나누니, 이때는 당(
唐) 광화(光化) 3년(900년)이며 신라 효공왕 4년이었다.

견훤은 신라가 당나라를 끌어들여 백제를 멸망한 일을 통탄스럽게 말한 후, '의자왕의 오래된 울분을 씻지 않겠는가?'라고 하였다. 나라를 잃은 의자왕을 안타깝게 말하고 있으니, 이 당시에는 의자왕을 방탕하여 패망한 왕으로 평가하지 않았던 것으로 보인다. 견훤은 나라 이름도 백제라고 지었는데, 이전의 백제와 구별하기 위해 후백제로 칭하였다.

『삼국사기』에서 신라의 역대 왕들과 역사가 기록된 신라본기는 모두 10권이며, 고구려본기는 10권, 백제본기는 6권에 걸쳐 기록되었다. 백제에 대한 기록은 상대적으로 빈약하지만, 제6권은 모두 의자왕 편으로, 백제의 다른 왕에 비해 의자왕 시절은 세세하게 기록하였다.

의자왕은 말기에 당과의 외교를 무시하고 왕권 강화에만 힘쓰다 나당연합군에 대비하지 못한 것이 결정적인 흠이었다. 660년 당군이 기벌포에 닿기 전에 이미 나당연합군의 움직임이 있었는데도 이를 막지 못했다. 좌평 임자 등 김유신 첩자의 말에 넘어가 탄현도 지키지 못하였다. 태자와 왕자들 간에 분란이 있어서 태자가 웅진성으로 피신한 사이에, 사비성 내의 왕자가 스스로 당군에게 문을 연 셈이 되고 말았다.

그러나 사비성과 웅진성이 함락되었다고 해서 나당연합군이 백제의 모든 땅을 평정한 것은 아니었다. 그들은 수도를 점령하고 왕을 사로잡아서 백제의 역사를 끝냈다고 생각했지만, 주류성과 임존성을 거점으로 일어난 백제 부흥운동은 663년까지 이어졌다.

백제부흥군

계백이 황산벌에서 전사한 후 살아남은 흑치상지는 백제부흥운동의 핵심 인물이 되었다. 수도는 나당연합군이 점령하였지만, 백제 백성 사이에서는 당나라군의 약탈로 그에 대한 원성이 높아져 갔다.

연합군의 힘이 미치지 않는 곳에서 백제는 아직 멸망하지 않았음을 보여 주는 움직임이 불길처럼 일어났다. 복신(福信), 흑치상지(黑齒常之), 도침(道琛)이 중심이 되고, 일본에 가 있던 의자왕의 아들 부여풍(扶餘豊)까지 합세하여 백제부흥운동을 꾀하였다. 흑치상지와 지수신은 임존성을 굳게 지키고, 복심과 도침은 주류성에서 왕자 풍을 옹립하였다.

소정방(蘇定方)이 백제를 평정하여 늙은 왕을 가두고 병사를 풀어 크게 약탈하였다. 흑치상지는 이를 두려워하여 주위의 추장(酋長) 10여 인과 함께 달아났고, 도망친 이들을 불러 모아 임존산(任存山)에 의거하여 스스로 굳게 지켰다. 열흘이 되지 않아 임존성으로 도망쳐 돌아온 자가 3만이 되었다. 소정방은 병사를 이끌고 흑치상지를 공격하였지만 이기지 못하니, 흑치상지와 부흥군은 마침내 200여 성을 회복하였다.

- 『삼국사기』, 열전, 흑치상지 -

달솔(達率) 흑치상지는 부장 10여 명과 함께 임존성(任存城, 지금의 충남 예산군 대흥)을 거점으로 하여 열흘 만에 3만 명의 병력을 규합, 소정방이 보낸 당군을 격퇴하면서 2백여 개의 성을 회복하였다.

당시 백제의 군사는 모두 6만 명 정도로 추정하는데, 그 중 2만 명 정도가 기벌포 전투와 황산벌, 사비성 전투에서 죽고, 1만 명이 당나라로 끌려갔다. 그러므로 임존성에 모인 자가 3만 명이라면, 백제인들 사이에서는 나당연합군

에 저항하려는 의지가 높았고 그들의 군사력 역시 조직적
이었던 것으로 보인다.

　임존성은 높은 산봉우리 몇 개를 아우르고 있는 성으
로, 산꼭대기인데도 성내 우물이 몇 개나 있어서 백성들
이 지내기 좋고, 고지대에 있어서 적들이 공격하기는 어
려운 지형이었다. 임존성은 지수신이 지키고 있었는데,
흑치상지로 인해 많은 군사가 그곳에 모이게 되었다. 200
여 개의 성이 부흥군에 가담했으니, 당과 신라는 부흥군
과의 전투에서 연거푸 패하였다.

　그러나 용맹을 떨치던 흑치상지도 결국 당군에 항복하
고 말았다. 주류성이 함락된 후 임존성을 지키던 그는 당
고종의 회유에 넘어갔고, 지수신은 끝까지 임존성을 지
켰다.

　661년~663년에 당 고종(高宗)이 수차례 사신을 보내 회
유하자, 흑치상지는 이에 유인궤(劉仁軌)에게 나가 항복하였
다.

　흑치상지는 그 후 당에 들어가 좌령군원외장군(左領軍員

外將軍) 양주자사(洋州刺史)가 되었다. 여러 차례 정벌에 종군하여 전공을 쌓았으니, 작위와 상을 크게 받았다.

- 『삼국사기』 열전 흑치상지 -

흑치상지가 이후 당나라 장수가 되어 큰 공을 세웠다는 기록 때문에 그는 배신자로 인식되기도 하였다. 그러나 4년 동안 자신이 이끌었던 임존성을 스스로 무너뜨린 것이 단순한 변절은 아니었을 것이다. 도침과 복신이 지키던 주류성마저 함락된 후, 임존성도 더 이상 버티기 어렵다고 판단하고, 왕자인 부여융과 의논하여 부흥군을 정리한 것으로 보인다. 이후 흑치상지는 부여융과 함께 당에 들어갔고, 당나라의 장수가 되어 돌궐족을 물리치는 데 큰 공을 세웠다.

흑치상지에 대해 우리의 고서에는 그 출생과 이름부터 분명하게 남아 있지 않다. 그의 이가 검어서 흑치라고 한다거나 그가 외국 출신이라는 등의 추측들이 많았으나, 중국에서 흑치상지의 묘비석이 발견되면서 그의 행적이 또렷해졌다. 흑치상지(630~689년)는 부여씨로 왕족이었으며, 그의 조상이 흑치라는 지역에 봉해져 이를 계기로 흑치씨로 칭했다. 그는 황산벌 전투 당시 서른 살이었으며, 백제부흥군이 패한 뒤 웅진 도독부의 관직을 받아 웅진성에 주둔하기도 하였다.

그는 중국 역사에서도 손에 꼽히는 훌륭한 장수 중의 한 사람이며, 황제 아래 서열 11위에까지 올랐다. 이후 측천무후 시절에 모함을 받아 옥에 갇혀 죽었는데, 그의 죄는 '자신의 나라를 이롭게 하였다.'라는 것이었다. 십 년이 지난 후 아들의 상소로 그의 무고함이 밝혀졌으며, 그의 열전이 『구당서』와 『신당서』에 전한다.

한편, 의자왕의 사촌인 복신은 승려 도침과 함께 주류성(周留城)에서 부흥운동을 펼쳤다. 백강(白江)과 사비성의 중간 지점에 있는 주류성은 소정방이 기벌포로 들어온 후 바로 사비성을 공격한 까닭에 병력이 온전하게 남아 있었다.

백제부흥군은 사비성으로 쳐들어가서 사비성 남쪽으로 진격해 목책을 설치하고 나당연합군을 공격했다. 이때 남아 있던 백제 군사들도 부흥군이 되어 20여 개 성이 복신에게 호응하였다. 사비성이 고립 상태에 빠지자, 위기감을 느낀 신라 태종무열왕은 직접 군사를 이끌고 사비성으로 왔다. 무열왕이 이례성(尒禮城, 지금의 충남 논산시 노성면)을 공격해 탈환하자, 백제부흥군에 호응했던 20여 개 성이 모두 신라군에게 함락되고 말았다.

무열왕의 군사에 패한 복신은 임존성으로 퇴각하여 흑치상지와 함께 사비성 공격을 다시 계획하였다. 또한 복신은 661년 4월, 일본에 사신을 보내 왕자 풍의 귀국을 독촉하였다.

당나라에서 유인궤가 온다는 소식을 들은 복신은 백강 하류 연안에 목책을 세우는 한편, 사비성을 재차 공격하였다. 이때 유인궤는 신라군과 합세해 사비성을 근거로 한 후 주류성을 공격하였다. 이 전투에서 백제군이 나당 연합군을 크게 쳐부수자, 신라군은 본국으로 철수하고 유인궤도 사비성으로 돌아갔다.

이듬해인 662년 5월, 왕자 풍이 왜선 170척의 병력과 무기와 군량을 싣고 도착하였다. 이에 용기를 얻은 복신은 다시 금강 동쪽에 대한 공격을 개시해서 백제군의 기세를 크게 떨쳤다.

그런데 이 무렵 복신과 도침 사이 갈등이 일어나 결국 복신이 도침을 살해하였다. 이 틈을 노리고 당나라는 손인사(孫仁師)에게 군사 7천을 주어 백제부흥군을 치게 했고, 신라도 출병하였다.

이러한 위기에서 복신과 왕자 풍 사이에 다시 불화가 일어나 풍은 복신을 살해하였다. 그 후 나당연합군이 부흥운동의 본거지인 주류성을 공격하여 왜의 지원군은 백강에서 크게 패하고, 왕자 풍은 고구려로 도망갔다. 임존성을 지키던 지수신은 임존성이 함락되자 고구려로 망명하였다. 이로써 백제가 멸망한 660년부터 663년 9월까지 지속되었던 백제부흥운동은 실패로 끝났다.

무인(武人) 계백에 대한 평가

삼국 시대에는 무(武)를 숭상하였고, 무력을 소유한 자가 곧 권력층이 되었다. 이때의 무(武)는 문(文)과 무(武)가 분화되기 이전의 개념으로, 기술적 의미와 관념적 의미를 모두 내포하고 있었다. 그러므로 무는 싸움의 기술뿐만 아니라 나라를 지키는 통치 행위로 인식되었다.

삼국의 역사는 건국부터 멸망까지 전쟁의 연속이었다. 국가의 영토 확장과 생존을 위해 전투를 계속 치렀기 때문에 초기부터 군사 제도가 발달하였다. 백제는 국민개병제를 실시하였는데, 이는 모든 백성이 군사에 동원되는 의무적 병역 제도였다.

중앙의 5부마다 군사 500명을 두었으며, 지방은 각 성의 방령이 부대를 지휘하는 구조였다. 중앙과 지방의 평민과 귀족 모두는 나라의 부름을 받으면 군역을 졌다. 평상시에는 농민으로 지내던 일반 백성이 전시에는 모두 군인으로 출정할 의무가 있었다. 초기에는 모든 성인 남성이 군인이 되었으나, 점차 지배층 중심의 무사층과 평민군으로 분리되었다. 그리하여 지방의 귀족 사병이 늘어나면서 중앙정부의 병력과 이원화되는 경향이 있었다.

백제의 관리들은 대부분 무인이었다. 최고의 관등인 좌평들이 전장에 나가 싸웠다는 기록만 보아도 알 수 있다. 문신과 무신의 구별이 따로 없었으며, 중요한 전투에는 왕을 비롯한 높은 관리들이 직접 군사를 이끌었다.

계백은 명실상부한 백제 최고의 무인이었다. 계백은 중앙의 권력과 다소 멀어진 형태로 귀족 사병을 훈련하여, 황산벌 전투 때 그들과 함께 스스로 돌격대로 나섰을 가능성이 크다. 또한 의자왕이 내어 준 군사는 중앙의 정예군이었으니, 그가 황산벌로 나서기 전에는 중앙에서 달솔 관직에 있으며 군사를 거느린 것으로 보인다.

백제의 전통 무예에 대해 뚜렷한 기록은 남아 있지 않

지만, 백제 무예를 계승한 이들은 계백을 무예의 지존으로 받들며 백제 전통 무예의 창시자로 꼽는다. 스승으로부터 백제의 전통 무예를 배운 현대의 전수자들은 백제 무예를 '백제신검' 혹은 '백제신검술', '백제검술'이라고 칭한다. 그들에 의하면, 백제의 무예는 근초고왕 시절에 왕궁의 군사교육 기관인 '사비랑'에서 무예를 가르치면서 역사가 시작되었다. 사비랑에서는 실력에 따라 가장 낮은 등급인 태랑부터 월랑, 사비랑, 차사, 역사로 나누었으며, 그중 가장 높은 등급이 무사였다.

백제 전통 무예는 신술, 봉술, 검술, 궁술, 진법 등을 기본으로 하여, 표창술, 독침술까지 가르쳤다고 한다. 이들의 무예는 반복 훈련되는 기술 수준의 것이 아니라 예와 형식을 중시하는 세련된 종합무술이었다.

이 중 신술은 몸을 수련하는 기본 무예인데, 스스로 단련하며 정신 수련도 함께 하였다. 삼국의 무예가 모두 정신 수련과 신체 단련을 함께 하는 신술에서 시작하였고, 이것이 오늘날의 택견과 같은 운동으로 전수되었다.

무기를 들고 수련하는 봉술과 검술 등도 널리 익혔는

데, 그중 가장 대중적인 무기는 단연 활이었다. 백제에서
는 일찍부터 모든 백성에게 활쏘기를 장려하였다는 기록
도 있다.

아신왕 7년(398년) 9월에 도읍 사람들을 모아 서대(西臺)
에서 활쏘기를 익히게 하였다.

— 『삼국사기』 백제본기 아신왕 —

서대는 궁궐 서쪽의 누대를 말하는데, 이곳에서 무술
훈련을 하거나 특정한 날 행사를 하였다고 한다. 도읍 사
람들에게 모두 활을 쏘게 할 정도로 궁술은 사람들에게
익숙하였고, 기본적인 훈련이 되어 있어서 전시에 군인
으로 차출하는 것이 가능하였다.

또한 실제 전투에서 활용할 보병 훈련과 진법을 강화하
였다. 황산벌 전투의 군사술을 연구한 학자들은 계백이
신라의 대군에 맞서기 위해 보병을 강화하고 작전에 사용
할 진법을 고심했으리라 추측하였다. 즉, 개인기가 뛰어
난 귀족 무인들을 앞세우는 한편, 보병의 집단 훈련을 잘

하였기 때문에 신라 대군에 맞서 네 번의 승리를 거두었을 것으로 본다.

고구려와 신라의 무예도 백제와 유사한 가운데, 특징적인 면에서 다소 차이가 있다.

고구려는 경당에서 소년들에게 무예를 가르쳤는데, 백제와 마찬가지로 전시에는 백성이 군인으로 동원되는 국민개병제를 실시했다. 고구려는 북방 유목 민족의 영향을 받아 말을 타고 달리는 기마술이 발달하였다. 특히 말을 탄 상태에서 몸을 돌려 활을 쏘는 고난도의 기술이 고구려 벽화에 남아 있다. 또한 고구려에서는 맨손으로 싸우는 수박(手搏)도 주된 무술이었는데, 이 장면도 고분벽화에 씨름이나 격투 장면으로 남아 있다.

이런 사료들을 통해 고구려인들은 전투에서도 빠르고 공격적인 기마술을 잘 썼으며 남녀노소가 무예를 친숙하게 익혔음을 알 수 있다. 고구려 역사의 많은 왕은 시대가 원하는 이상적인 무인이었다.

신라는 전시에 백성을 동원하는 백제나 고구려와는 달리, 평상시에도 국가가 일정 나이의 양인 남성에게 병역의 의무를 지게 하는 징병제를 실시했다. 노비와 천민은 원칙적으로 제외되었으며, 평민은 보병 중심의 병력으로 쓰고 귀족은 지휘관으로 삼았다.

신라의 무예는 화랑도로 대변할 수 있는데, 이들은 수련을 통해 자신을 갈고닦는 것을 기본으로 하였다. 화랑도는 애초에 왕족과 귀족 중심의 모임이었으나, 나중에는 평민으로까지 확대되었다. 이들은 검술과 궁술, 격투 등을 기본적으로 훈련하였고, 철마다 산천을 유람하며 극기 훈련을 하고 단합하는 생활을 중시했다. 『삼국사기』에 의하면 화랑 관창은 활을 잘 쏘고 성품이 좋아 사람을 잘 사귀어 부장이 되었다고 한다.

화랑은 토착 신앙에 유교의 충성심과 불교를 가미하여 세속오계의 원칙을 만들었다. 사군이충, 사친이효, 교우이신, 임전무퇴, 살생유택의 오계를 강조하였으니, 화랑은 무예 단체이자 교육 제도의 역할을 하였다. 이런 과정을 통해 배출된 화랑의 정예가 관직에 나가고 장군이 되었다.

이렇게 볼 때 삼국의 무(武)는 곧 충(忠)의 길이었다. 충의 정신으로 전장에 나가서 공을 세웠으니, 고구려의 연개소문과 신라의 김유신이 그러했다. 그에 비하여 무인 계백은 멸망한 나라의 비극적인 장수이다. 역사는 계백의 충을 어떻게 바라보는가?

조선 후기의 실학자 안정복은 『동사강목』에서 '역사에 보이는 인물 가운데 계백을 으뜸으로 삼아야 한다.'라고 평가했다.

슬프다! 계백의 황산 싸움을 볼 것 같으면, 위급할 때 명을 받고서 5천의 보잘것없는 군사를 이끌고 수만의 강한 적을 앞에 두었는데도 조금도 혼란됨이 없었고 의기 또한 편안하였다. 험지에 의거해서 진영을 설치한 것은 지(智)요, 싸움에 임해서 무리에게 맹세한 것은 신(信)이며, 네 번 싸워 이긴 것은 용(勇)이요, 관창을 잡았다가 죽이지 않은 것은 인(仁)이며, 두 번 잡았을 때 죽여서 그 시체를 돌려보낸 것은 의(義)요, 중과부적으로 마침내 죽는 것도 마다하지 않았으니 충(忠)이다. 삼국 때에 충신과 의사가 필시 많았지만 역사서에 보이는 것을 갖고

말한다면, 마땅히 계백을 으뜸으로 삼아야 할 것이다.

안정복은 계백을 지, 신, 용, 인, 의, 충을 발현한 최고의 충신이자 의사(義士)로 표현한다. 그는 조선의 많은 성리학자가 강조했던 충절과 절의의 가치를 계백에게서 보았다. 특히 나라를 위해 자신의 가족을 죽인 결단은 병사들의 사기를 북돋우고 끝까지 싸움을 이끈 지도자의 모범으로 보았다.

반면, 그보다 앞선 권근 등의 학자는 계백이 출전에 앞서 가족을 죽인 것을 두고, 무도하고 사기를 꺾는 행위라고 비판하였다. 즉, 처자를 죽이고 나간 것은 인륜과 도덕에 어긋난다고 본 것이다. 이에 대해 안정복은, 병사들이 각오를 다질 수 있도록 지도자의 결단과 충절을 보여 준 것이라며 계백을 옹호하였다.

일제 강점기를 거치며 계백은 외세에 맞서는 상징으로 재소환되었다. 이광수, 신채호 등 민족주의 문예가와 사학자들은 계백을 민족적 영웅으로 보았다. 특히 신채호는, '역사는 아(我)와 비아(非我)의 투쟁이며, 계백은 그 투쟁 정신을 보여 준 인물'이라고 평가했다. 그 후 반공교육 시대의 분위기 속에서 계백은 국가에 충성하는 전형으로 강조되었다. 여러 드라마에서도 계백을 모델로 하였으며, 계백은 의로운 장군이자 희생적 지도자의 이미지가 강화되었다.

이러한 내용으로 볼 때, 그에 대한 기록이 많지 않음에도 불구하고 계백은 우리 역사에서 절대적 충신을 대표하는 문화적 상징이 되었음을 알 수 있다.

그러면 오늘날 우리에게 계백은 어떠한 인물인가?

계백은 승자가 아닌 패자인 역사 속 인물임에도 여전히 최고의 장군으로 존경받고 있다. 이는 결과적으로 패하였더라도 저항의 자기 완결성이 역사적 가치를 갖기 때문이다.

오늘날의 관점으로 계백이 가족을 죽이고 전쟁터에 나간 행동을 평가하는 것은 무리가 있다. 그 행동은 패망 직전에 몰린 국가의 무인이라는 특수한 상황에서 가족의 죽음도 불사했던 결사 항전의 관점으로 보아야 한다. 현대의 관점으로는 어떤 이유로도 개인의 목숨을 빼앗는 행동이 합리화될 수 없다.

현대 사회에서 무인 계백의 정신은 어떤 가치가 있으며, 진정한 충의 의미는 무엇인가?

오늘의 관점에서 계백의 충절은 하나의 상징으로 보아야 한다. 충이란 본래 나라를 위해 목숨을 바치는 것이 아닌, 자기 자신에 대한 충에서부터 시작한다. 충(忠)이라는 한자어는 중(中)과 심(心)으로 이루어져 있다. 즉, 충은 스스로 마음의 중심을 잡는 데서 시작된다. 나아가 개인의 도덕적 수양으로 사회적 책임을 다하는 것을 충이라고 할 수 있다. 자기 자신에 대한 충에서 시작하여 사회적 책무로 나아가는 개념이니, 현대에도 충은 사회의 중심적 가치관이 될 수 있다.

이제 계백의 말을 들어 보자.

계백은 아직 황산벌에 있다. 온몸에 화살을 맞고 석불처럼 서 있던 그는 이제 황산벌에 누웠다. 피가 땅으로 스며들어 땅과 하나가 되었다. 그의 몸에서 영혼이 빠져나와 누운 몸을 보았다. 살아서 고단했던 모든 영혼이 이제

본래로 돌아갈 시간이다.

나는 계백이다

산 자들의 걸음이 지나간 황산벌에 어둠이 내렸다.

죽은 자들이여, 이제 본래로 돌아갈 시간이다. 이것이 순리이다.

여름밤의 별빛이 황산벌에 쏟아져 내린다. 무성하던 풀벌레 소리도 오늘은 들리지 않는다. 무수한 군사의 발걸음이 지나간 자리, 내 오천의 군사들이 누워 있구나. 저들은 그저 목숨을 잃은 군사가 아니라 백제의 피요, 땀이요, 나의 분신이다. 저들이 곧 백제요, 백성이요, 충성스러운 신하다. 그 모든 것이 황산벌에 누웠구나.

바람이 그치고, 백제의 유순한 숨결이 느껴진다. 순결한 백제 땅을 오랑캐가 짓밟은 것을 생각하면 어찌 눈을 감겠는가. 그러나 모든 것이 끝났다. 끝은 곧 시작이어야 하니, 황산벌도 새로운 시작을 향해 숨을 골라야 한다. 그대, 황산의 역사를 쓴 자여, 새로운 역사를 위해 우리는 돌아가야 한다.

내 일찍이 무예를 배울 때 스승이 자주 말씀하셨다.

"무예의 궁극은 남을 이기는 것이 아니라 자신을 이기는 것이다. 무예의 궁극은 전투에 있는 것이 아니라 평화와 절제에 있는 것이다."

나는 어려서부터 무예를 연마하는 것이 좋았다. 무예를 함에 있어서 게으름을 이기니 기술이 늘었고, 기술로 남을 이기려다가 꾸지람을 들었다.

"무예는 기술을 배우는 것이 아니니, 기술로 남을 이기려 하지 마라."

나는 선친을 따라 전장에 나가서야 남을 죽이는 기술을 눈앞에서 보았다. 도망치고 싶었으나 이미 때가 늦었다. 처음 사람을 베었을 때의 느낌을 나는 오래도록 잊지 못했다. 섬뜩하고 무서웠지만 아버지를 따라 달릴 수밖에 없었다. 그리고 내 눈앞에서 아버지가 적의 칼에 맞아 쓰러졌다.

선친의 상을 치르고 나는 스승을 따라 계룡산에 들어갔다. 스승은 백제의 무예를 세우신 분이셨고, 도를 닦아 선인의 경지에 이르기를 추구하셨다. 우리는 백제 무예의 계승자라는 자부심이 있었기에 관직에 나가 입신양명할 뜻을 품지 않았다.

그러나 스승이 돌아가신 후 천등산으로 돌아오면서 운명이 달라졌다. 나는 혼인하여 가장이 되었다. 부인은 성격이 활달하고 지조가 있어서, 관직에 뜻이 없는 나를 탓하지 않았다. 그러나 나는 나를 부르는 백제의 운명을 거역할 수 없었다.

백제는 강한 나라였으나, 백제를 멸하려는 신라의 전략을 이기지는 못하였다. 무릇 자신을 돌아보고 남을 경계해야 하거늘, 백제는 내부의 문제로 인해 신라의 주도면밀함을 알지 못했다. 나당연합군이 온다는 소식을 듣고도 현명하게 대처하지 못했다. 그것은 첩자들의 간교한 술수를 알아채지 못한 탓이 크다. 역사를 돌이켜 보건대 첩자로 인해 전쟁의 승패가 달라진 경우가 허다하거늘,

김유신의 첩자를 알아보지 못한 죄가 크도다.

김유신은 실로 위대한 장수이다. 그는 가야국의 왕족이었으나 신라의 상대등이 되어, 갖은 방법을 동원하여 백제를 침몰시켰다. 오랑캐를 끌어들여 이 땅을 피로 물들인 것이 원통하나 그로서는 신라를 살리려는 선택이었다. 그러니 사흘 동안의 전투에서 스러져 간 황산벌의 영혼이여, 억울해하지 마라. 우리는 죽고 사는 경계를 넘었고, 세상은 새롭게 나아가야 한다.

백제와 신라가 왜 이렇게 싸워야 했는가? 그것은 태고의 역사를 돌이켜 보아도 그럴 수밖에 없다. 단군 이래 태초의 한 나라가 좁은 땅 안에서 여러 나라로 갈라졌으니, 이는 결국 통일을 향해 갈 수밖에 없다. 그러나 서로 다른 역사를 살아온 백성이 하나가 되려면 서로 많은 것을 내어 주어야 한다. 신라는 제 것을 내어 주고 통일을 시도할 여력이 안 되기에 당을 끌어들여 전쟁을 일으킨 것이다. 전쟁은 무예가 아니라서 도(道)가 없다.

인류의 역사는 전쟁의 역사였다. 전쟁은 생존을 위해 선택해야 했던 지난 시대의 산물이다. 앞으로 더욱 성숙

한 세상에서 인간의 본질을 구현하려면 전쟁은 사라져야 한다. 그러므로 지도자라면 자신을 연마하여 백성을 구하고, 전쟁을 그쳐서 평화적인 통일을 이루어야 한다. 통일된 나라가 튼튼하여야 외세의 침략이 없을 것이다. 역사의 과오를 타산지석으로 삼아, 무엇보다 통일된 나라가 강건해야 한다.

달빛이 황산벌에 차갑게 내려온다. 보름을 앞둔 달은 몸을 부풀리고 있다. 누가 말했던가?

"백제는 만월이라 기울 일만 남았고, 신라는 초승달이라 가득 찰 일만 남았다."

만월이 기우는 것은 자연의 섭리이니, 슬퍼할 일이 무어 있는가. 슬픔 속에서 자유를 얻는 것이 곧 무예의 길이니, 우리는 그 모든 것에서 벗어났다.

푸르른 황산벌이여. 날마다 햇빛과 달빛을 받아 영원히 살아갈 나라여. 전쟁의 역사를 딛고 통일된 나라에서 복되게 살아갈 후손들이여. 나 계백은 나에게 주어진 충의 길을 갔으되, 이제 그 길도 여기에 두고 간다. 충의 본질은 그대들에게 있으니, 그대가 가는 의로운 길 너머로 나는 이슬이 되어 사라진다.

참고문헌

『삼국사기』 김부식, 이영도 역주, 을유문화사, 2004년

『삼국유사』 일연, 엄광도 번역, 서연비람, 2018년

『계백장군 삼영과 최후 결전지』 이명현, 지식공감, 2019년

『우리가 몰랐던 백제사』 정재수, 신아출판사, 2024년

『백제부흥운동사』 노중국, 일조각, 2003년

『백제장군 흑치상지 평전』 이도학, 주류성, 1998

『부여의자』 김문주, 마음서재, 2018년

논문 「해동증자 백제 의자왕」 장인성, 2005년

논문 「백제의 멸망과정에 나타난 군사상황의 재검토」 이희진, 2001년

논문 「탄현과 개태사 협곡 포진무산 소고」 이명현, 2019년

논문 「황산벌의 위치와 전투의 재구성」 이상훈, 2021년

논문 「김유신 장군의 활약과 리더쉽」 김갑동, 2006년

논문 「고대 첩자연구 시론」 김영수, 2007년

논문 「의자왕의 친위정변과 국정쇄신」 문안식, 2009년

논문 「흑치상지와 백제부흥운동」 양종국, 2018년

논문 「백제 흑치상지 부자 묘비명의 검토」 이문기, 1991년

논문 「나당연합군의 군사전략과 백제 멸망」 이상훈, 2016년

한민족의 정체성을 만든
인물들을 통해, 삶의 지혜와
미래의 길을 연다.

고대 배달 민족의 얼인 고대 동아시아 지배자

대동 세상을 열려는
너희 본디 마음이 나 치우다

"나는 천산산맥 넘어 해 뜨는 밝은 곳을 향해 내려와
신시 배달국을 열었다. 너도 하느님 나도 하느님, 너도 왕이고
나도 왕이니 서로서로 섬기는 대동 세상 터를 닦고 넓혀왔다.
하여 뭇 생명이 즐겁고 이롭게 어우러지는 세상을 열려는
너희 본디 마음이 곧 나일지니."
- 치우천황이 독자에게 -

이경철 지음 | 값 14,800원

근세 현모양처의 대명사인 한 여성의 삶과 꿈

많이 알려졌어도 실제
내 삶을 아는 사람은 드물구나

"나만큼 많이 알려진 인물도 없다. 그러나 나만큼 제대로
알려지지 않은 인물도 없다. 율곡의 어머니, 겨레의 어머니,
현모양처의 모범과 교육의 어머니로 많이 알려졌어도
실제 내 삶이 어떠했는지 아는 사람은 거의 없다.
나는 내 삶을 바르게 살고 싶었을 뿐이다."
- 사임당이 독자에게 -

이순원 지음 | 값 14,800원

근대 지킬 것은 굳게 지킨 성인군자 보수의 표상

'완전한 인간'을 위한
자기 단련의 길이 나 퇴계다

"나는 책이 닳도록 수백 번을 읽었다. 그랬더니 글이
차츰 눈에 뜨였다. 주자도 반복해서 독서하라고
이르지 않았던가? 다른 사람이 한 번 읽어서 알면,
나는 열 번을 읽는다. 다른 사람이 열 번 읽어서
알게 된다면, 나는 천 번을 읽었다."
- 퇴계가 독자에게 -

박창하 지음 | 값 14,800원

근대   보수의 대지 위에 뿌린 올곧은 진보의 씨앗

바꾸자는 개혁의 길
너의 생각이 나 율곡이다

"나라는 겨우 보존되고 있었으나, 슬픈 가난으로
시달리는 백성들은 온통 병이 깊어 숨이 넘어갈
지경이었다. 백척간두에 선 채 바람에
이리저리 위태롭게 흔들리고 있었다.
내가 개혁을 외치고 나선 이유다."
- 율곡이 독자에게 -

박상하 지음 l 값 14,800원

현대   모국어로 민족혼과 향토를 지켜낸 민족시인

깊은 슬픔을 사랑하라

분단의 태풍 속에서 나는 망각의 시인이었다.
하지만 한국의 독자들은 다시 내 시에 영혼의 불을 지폈다.
나는 언제나 외롭고 높고 쓸쓸한 시인이다.
- 백석이 독자에게 -

이동순 지음 l 값 14,800원

현대   남북한과 동서양의 화합을 위해 헌신한 삶과 음악

남북통일과 세계의 화합과
평화를 염원하며 작곡했다

"나는 남한과 북한, 동양과 서양, 고전과 현대의 경계에 서서
화합을 모색해 왔다. 우리 민족혼을 바탕으로 민주화와
통일을 갈망했고 세계가 전쟁과 핵 공포에서 벗어나
평화와 평등의 세상으로 나가기를 바랐다.
내 음악은 이 모든 염원의 표상이다"
- 윤이상이 독자에게 -

박선욱 지음 l 값 14,800원

근세 여성 최초 상인 재벌과 재산의 사회 환원

가난을 돌이킬 수 없는
수치로 여겨라

어진 사람이 나랏일에 간여하다가도 절개를 위해 죽는 것이나,
선비가 바위 동굴에 은거하면서도 세상에 이름을
떨치게 되는 건, 결국 자기완성이 아니겠느냐.
여성의 몸으로 내가 상인으로 나선 이유도
이와 다르지 않다."
- 김만덕이 독자에게 -

박상하 지음 l 값 14,800원

고대 민족의 고대사를 개창한 건국 여제

내가 바로 고구려, 백제를 건국한 왕이다

"나는 졸본부여의 왕재로 태어나, 추모와 함께 고구려를
건국하였으며 다시 두 아들과 함께 남하하여 백제를 건국하였다.
역사서에 나를 일컬어 왕이라 하지 않았으나,
엄연히 나라를 개창하여 백성들을 위한 정치를 펼쳤으니
더 이상 나의 존재를 부정할 수 없으리라. "
- 소서노가 독자에게 -

윤선미 지음 l 값 14,800원

고대 신라의 중흥을 이룬 대장군

위대한 장수는 싸우지 않고 이기는 전투를 한다

전장에서 적을 베는 것보다 싸우지 않고 이기는 장수가
지혜로운 장수다. 적국의 백성도 나라를 달리하면
모두 제 나라의 백성이다. 권력을 탐하는 자는
신의를 저버리나 백성은 그저 순리에 따를 뿐이니,
현명한 장수는 백성을 살리는 전투를 한다.
- 이사부가 독자에게 -

김문주 지음 l 값 14,800원

고대 신화적인 삶을 산 한민족사의 큰 어른

나는 조선인이고, 부여인이며, 고구려인이다

여러분의 말 속, 정신 속에는 나의 삶이 조금씩 배어 있다.
조상이 무엇인가? 역사의 거름이 되는 게 아닌가?
어려운 시기가 오고 있네만 나를 거름으로 삼아
후손들을 위해 맑고 기름진 거름이 되게나.
- 해모수가 독자에게 -

윤명철 지음 I 값 14,800원

현대 타는 목마름으로 연 민주화와 흰 그늘의 길

더 나은 세상을 위해 진흙창 속에 핀 연꽃, 십자가가 되려 했다

"나는 개벽을 향한, 부활을 향한 민중의 고통에 찬
전진 속에서, 내게 주어진 진흙창 삶 속에 피우는 연꽃이
되려 꿈꿨다. 내게 주어진 십자가를 지고 민중과 함께
있기를 소망했다. 민중의 한 사람인 내가 꿈꾼 이런 소망이
어느 시대, 어느 세상에서든 좀 더 나은 세계로 건너가는
징검다리 돌 하나가 됐으면 좋겠다."
- 김지하가 독자에게 -

이경철 지음 I 값 14,800원

현대 백석 시인을 사랑했던 조선권번 기생

저는 백석 시인의 뜨거운 사랑을 받았습니다

그 험하고 가파른 세월을 무탈하게 살아올 수 있었던 것은
오로지 제 나이 22세 때 만나 서로 뜨겁게 사랑했던
백석 시인의 고결한 영혼 덕분입니다.
- 김자야가 독자에게 -

이동순 지음 I 값 14,800원

현대 시작부터 남달랐던 삼성을 키워낸 또 다른 재才의 세계

자본도 경험도 없이 역사 앞에서 첨단산업으로 지구촌을 지배하다

나는 **이병철**이다

"나는 어떤 큰 자본을 갖고 시작한 게 아니었다. 별다른 기술이나 남다른 경험이 있었던 것도 아니었다. 인맥이나 학맥조차 따로 가졌던 게 아니었다. 미래는 소심하게 머뭇거리는 자의 것이 아니라 용기 있게 나서는 자의 것이라는 신념 하나만으로 세상에 내 자신을 내던졌던 것이다."
- 이병철이 독자에게 -

박상하 지음 | 값 14,800원

현대 자본도, 기술도, 경험도 없이 현대를 키워낸 신념의 세계

폐허와 공허 속에서 오로지 맨주먹으로 현대를 일으켰다

나는 **정주영**이다

"나는 물려받은 유산도, 마땅한 기술도, 변변한 경험조차 없이, 한 치 앞을 내다보기 어려운 역사의 격랑 속으로 뛰어들지 않으면 안 되었다. 거기에다 선발 자본이나 기업에 비하면 턱없이 뒤늦은 출발이 아닐 수 없었다. 젊은 날의 나는 그저 이름 없는 무명의 선수로 어렵사리 출발 선상에 등장할 수 있었을 따름이다."
- 정주영이 독자에게 -

박상하 지음 | 값 14,800원

중세 통일 왕조의 군주로 우뚝 선 온건한 지도자

10세기 한반도의 분열을 딛고 통일국가 고려를 개국한 창업 군주

나는 **왕건**이다

"나는 후삼국 통일을 위한 최후의 전쟁에서 승리한 뒤 고려를 건국했다. 고구려 계승 의지를 선포하며 북방정책을 펼쳤고 백성들의 구휼에도 힘썼다. 발해 유민들을 끌어안고 지방 호족들을 통합하여 민족의 융합과 동질성 회복을 위해 최선을 다했다."
- 왕건이 독자에게 -

박선욱 지음 | 값 14,800원

고대 | 영원히 지지 않는 충의 상징

무(武)의 궁극은 남을 해하는 것이 아니라 자신을 이기는 데 있다.

우리가 전장에 나간 것은 적을 베고자 함이 아니라
백성을 살리고 백제를 구하기 위함이었다.
이것이 무의 본질이고 나의 충이다.
- 계백이 독자에게 -

김문주 지음 I 값 14,800원

근대 | 독립운동에 천문학적 재산 헌납

2천만 겨레의 한을 되갚았던 봉오동의 승전보, 나 최운산이 밝히는 봉오동 전투의 진실!

"나는 독립군 전원에게 총포화기와 식의주(食衣住),
그 일체의 비용을 위해서 전 재산을 내놓았다."
- 최운산이 독자에게 -

오세훈 지음 I 값 14,800원